修改過程

韓少功

目錄

第一章 作者你別躲

「為什麼不接電話？」

「你誰？」

「別裝蒜！同老子玩消失沒用。」

「你誰啊？」

「別說信號不好，你那豬耳朵聽不清。」

「一塵啊？」

「後悔沒來得及換卡，是吧？」

「我又不躲債，又不販毒，憑什麼要換卡？」

「少廢話，快回家，我這就來。」

「有何指示……閣下不能在電話裡說？」

「這事天大，你揣著明白裝糊塗？」

「喂，喂，我還在學校開會，一時離不開……」

「離不開也得離，快些給我滾回去！」

陸一塵狠狠掛斷電話，衝出公用電話亭，朝四下裡掃一眼，確認沒什麼異常，叫上一輛出租車，怒沖沖撲向河對岸萬家燈火。

其實，人家肖鵬近來也沒做什麼大不了的事，只是當作家上癮，在網上又掛出一篇連載小說，把他寫成了小說人物。這樣，陸一塵就成了小說裡的陸哥，看見了小說所描寫的立交橋和小公園，還有自己此前不曾在意的報刊亭和牛肉麵館。說來有些怪，還真有這一家麵館，還真有麵館前這一片地鐵工地，真有工地圍板上一個安全警示黃閃燈，在車窗外一閃而過。陸哥此時太想找到小說裡沒有的東西。

他掐掐胳膊，確認自己痛，確認自己真實，是個有痛感的活人，於是覺得小說並不完全是文字——或者說那些文字也有硬度和重量，可能會抓撓，會咬人，會獰笑的。不是嗎？他曾讀到這麼一段，書本裡一個人脫上衣時，露出背上十幾隻眼睛，一齊眨巴眨巴綻開睫毛……當時就嚇出他全身的雞皮疙瘩，還有日後的噩夢。那區區一行字，豈不是比毒品更厲害？

他現在就是要衝著文字去算賬。臭馬桶，你騙騙稿費可以，給老哥們下刀子，要把日子往爛裡過嗎？你小子遇到什麼坎，陸哥也沒少幫忙吧。兩人不算刎頸之交，也是狼狽為奸吧。你以為碗裡沒碰上的，以後在鍋裡就碰不上了？

一個才貌兩全的精品男，堂堂大晚報的副總編，居然在對方筆下成了個花心猴。花也就算了，還審美趣味低下。腰肥膀壯那麼醜的，信口開河那麼傻的，偏偏攤給他陸哥，簡直是血口噴人。

照小說裡說的，那富婆前不久上了《夜星空》電視綜藝節目，濃施粉黛，珠光寶氣，不時無端發出少女式尖笑，差點把主持人驚得忘了詞。她本該依據腳本談談孝道傳統，但一談就跑了題，攔也攔不住，忍不住公布愛情，看上去是她在肚腩蓬勃的花季中年，遇上了一場轟轟烈烈的姊弟戀。男友其實是個普通人，用上流人士謙虛的口吻來說，是個很普通很平凡的人，名揚業界卻平易可親。至於模樣麼，不用說了，戴上墨鏡一甩頭髮差不多就能上那明星雜誌封面——但那個鬼，最會疼人的，就說前不久她過生日吧，他在國外公務，那麼忙，那麼累，那麼日理萬機，也不忘準時打來電話，祝盧姊 happy birthday today。

他把她哄笑了，逗開心了，還心細如髮，說聽到了話筒裡的門鈴聲，讓她先去開門迎客。

她捨不得停下電話，說不忙不忙，再說幾句。

對方特厚道，猜是她的閨蜜來了，該是她們送生日蛋糕來了，讓人家姊妹在門外久等可不太好。

架不住三請四催，女主人這才輕色重友捨己為人，放下電話去開門。沒料到門一開，她忍不住再一次尖叫——媽呀，要命的鬼，要命的鬼啊，居然就站在門口，耳邊支一部手機，滿懷的紅玫瑰熊熊怒放。

想你時你在天邊，
想你時你在眼前……

白馬王子單膝跪地獻花，送上雄渾的美聲，戳破了女人的淚點。直到眼下的錄製現場，她還忍不住連哭帶笑，用紙巾擦眼窩。

現代的狗血情場還有這一款純真？現場樂隊當即配樂煽情，天幕上的深沉海浪也隆隆升起滾滾撲來，一些女觀眾感動得淚光閃動。不過，作為遠在外地的獻花當事人，陸一塵此時卻很快發現自己的手機被打爆。至少有五六個女聲接連闖進來，在電話裡怒罵他騙子，不要臉，去死吧，太惡心了，看我不撕了你，你就是個活該一刀騸掉的種驢……那些話要多難聽有多難聽。她們最氣的好像不是他變心，是竟然騷上了一個假胸假鼻假眼皮的肥媽，而且沒騷出什麼新套路。你要唱儘管唱，但換一首歌來唱唱，會死人啊？你要騙就騙，但不說東京出差，不說紐約開會，換個牛頭鎮或蛤蟆灣的地名，就騙不成了？

眼下，隨著一輛出租車抵達終點，小說人物陸一塵氣沖沖上門聲討作者，這離奇萬分的一幕，當事雙方都覺得幾無可能的情節，偏偏就發生了。肖鵬就是作者。他睜大眼睛，也稍覺意外，半禿的腦袋上幾許疏髮零亂。「她們如何猜出了你？我可沒讓盧大姊說出名字……」他小心尋找詞句和自辯的理由。

「又是報社副總，又是金獎朗誦家……你覺得除了我還能是誰？」陸哥氣不打一處來，「你以為只有你看電視？你那狗屎小說還流量看漲，汙染全世界，她們想不知道也不可能吧？」

主人關上了主婦的臥室門，取來啤酒：「別生氣，別生氣。我又沒寫你重婚，沒寫你做鴨，只是寫你老兄魅力無限……」

「呸，這同寫梅毒有什麼兩樣？你把快樂建立在別人的痛苦之上，還要吃多少人血饅頭？不是嚇唬你，你要是逼出什麼跳河的、臥軌的、服毒的，你小子負責到底！」

「盧姊的事你敢說就沒有？」

「也不能像你那樣添油加醋啊。什麼『腰肥膀壯』，人家是殺豬婆？相撲選手？」

「這容易，我把她寫瘦點，改幾個詞就是。」

「我什麼時候單膝跪地了？什麼時候飆了散裝英語？……」

「虧你也是中文系的，這叫合理誇張。」

「我倒無所謂，但你這是刀筆殺人，人神共憤，懂不懂？我得告訴你，人出來混，總是要還的……」

「你能把我怎麼樣？」

「我能把你怎麼樣？」

「別忘了，你不過是我寫出來的，並不是真正的你。」

陸一塵怔了一下，「我是你寫出來的？什麼叫寫出來的？呸！老子就站在這裡，男子漢大蘿蔔，頂天立地，眼裡揉不得沙子。老子再告訴你一句，世上最毒婦人心！盧姊昨天說了，她錢不多，閒錢也就剩個百把萬，買一條人命不夠，買條腿買條胳膊還是夠的。」

「你見到她了？你夢遊吧？你騙誰呢？她也是我寫出來的好不好？她現在名字叫盧雪，冰雪的雪。你見的是這個人？」

「你其實心裡另有其人，你不要不承認。」

「我為什麼要承認？我也沒義務一定要寫得你滿意吧？」

陸哥再次怔了一下，翻了個白眼：「嘴硬？那好，那好，你走著瞧。」

肖鵬拉住對方，又點燃一支菸，大概想緩和氣氛。「一塵，一塵兄弟，看你這不經事的樣，誰叫我們是同學呢，誰叫我喜歡你呢？好吧，寶馬車的事我就不寫了，人工流產也不寫了。我專寫你扶危濟困、高風亮節，大媽大叔最喜歡的第一暖男，算是感動中國的年度人物。好吧？」

陸哥沒理他，深深地埋下頭，往一頭蓬亂捲髮裡插入十個痙攣的指頭：「我一個姪女，才九歲，屁大一點，昨天被我拍了一板屁股，就橫著眼睛說……」

「說什麼？」

「性侵。」

「性——還侵？」肖副教授差點跳了起來，「小屁孩，也知道性不性的？你不會說這事也同我的小說有關吧？」

「她媽還揚言去法院告我……」

「瘋了，你是碰到了一群瘋子。她媽沒自稱是王母娘娘嗎？她最好再去告一條，說你同性猥褻，拍了她兒子的屁股，還告你精神強暴，坐了她年輕時的一張照片。對不對？」肖鵬盯了來客一眼，忍不住把對方從上到下打量一番，這才明白對方從小說裡冷不防竄出來，不依不饒，胡攪蠻纏，可能確有難過的門檻了。

看來這世界真夠亂的，誰都活得有點防不勝防，都活得不易。他不過是在電腦裡碼幾個字，也可能一石激起千層糞。明明是一些好話，充其量是語帶詼諧，一不小心也可能成為大規模殺傷性武器，炸得哪裡人仰馬翻玉石俱焚。看他陸哥真的眼紅了，真的哽咽了，痛不欲生不像是裝，可能確實傷得不輕，有旁人不知的很多苦處呢。

又是上茶，又是削蘋果，一番暖心的撫慰總算結束。陸哥深夜才走人回家，在肖鵬眼裡，差不多也就是要回到小說裡去，去等待作者剛才一再承諾的「消除影響」和「恢復名譽」。「好，我只能等你一個星期，就一個星期。」他出門前重新戴上口罩，套上棒球帽，外加雨衣裹藏全身，如此複雜的喬裝打扮非同尋常，看上去是逃竄，透出一種危急氣氛。主人問他車停在哪裡。他沒好氣地說：「我還敢開車？」

肖鵬眨眨眼，好像聽懂了，相信對方確有危險，車牌號隨時可能招來的危險，以致老婆來催他去睡，只是腳步輕了點，突然出現在身後，就嚇得他魂飛魄散。

「你怎麼不說話？」他搓揉胸口，「嚇死我了。」

「你們剛才吵什麼呢？」老婆朝他額頭戳了一指頭，「樂樂上重點學校，人家畢竟幫過忙的。樂樂明年還要上中學呢。」

「你看錯了，他不是你那個歐陽老師。」

「他是誰？怎麼同歐陽長得這樣像？」老婆盯住丈夫的臉，「我看你這一段丟了魂似的，寫啊寫，寫啊寫，這下好，寫出禍來了吧。」

「去去去，朗朗乾坤，天下太平，有什麼禍？」

「他真不是歐陽老師？你能保證？」

「真不是！」

肖鵬催老婆重返臥室，自己卻來到書房，關上門，打開電腦，把有關陸一塵的章節調出來重看一遍，看看有哪些確可刪改之處，看如何最大程度地為小說人物「恢復名譽」。這天深夜，他重寫了有關盧姊的部分，含蓄和委婉了許多，還最終刪掉了尚未發表的一章，其內容大概是陸哥帶隊外出採訪時遭遇車禍，不幸壓廢了一條腿，雖日後行動不便，與女人們鬧不成了，玩不成了，卻找到了真正的另一半。在這一章中，他居然結識了一個叫小蓮的護士。小蓮是拿過國家級舉重比賽銀牌的農村姑娘，濃眉大眼，身強體健，沒讀過多少書，手腳卻特別利索，送病人往返有關診室，萬一擔架車不夠用，一個公主抱就可以大步流星，大氣都不喘。塊頭再大的漢子在她那裡也得乖乖地聽話。

陸一塵就是被她的公主抱所感動，在那裡嗅到了母親懷中繈褓的氣味。

一條愛情小船，終於停靠在退役舉重選手的港灣。肖鵬這樣寫，完全是出於一片好意，希望寫出兩人的夫妻恩愛，寫出老同學日後幸福而堅實的歸屬感。但這樣寫，會不會也引出亂子？車禍可不是小事。誰也不能保證，陸哥就不會推著輪椅前來吵鬧，要求肖鵬還一條腿，還他的多彩人生，並且甩出一大沓醫療賬單，不拿到補償絕不罷休。更拿不準的是，那個小蓮護士會高興嗎？她會不會勃然翻臉，也從小說裡冷不防衝出來，老鷹抓小雞一般，把肖鵬他一把揪到門外，質問他為什麼把她寫得像一個傭人而不像一個愛人，像一個男人而不像一個女人，話裡話外是懷疑他們的婚姻嗎？她還需要拿出多少證據，來證明他們之間不是交易而是真愛？她老公親過她多少口，是怎樣親的，親前親後說過和做過些什麼……你肖大人是不是想聽聽？你肖大人既然不知道，在這裡胡說什麼？

肖哥擦擦額上的汗，終於敲下了刪除鍵。

他發現自己也從睡夢中驚醒。

他定了定神，披衣下床轉了一圈，發現客廳裡桌上沒有剩茶水，也沒蘋果皮，這就是說，謝天謝地，剛才真是一個夢啊，陸一塵那傢伙確實不曾來過。

第二章 抗議者

陸一塵與肖鵬是大學同學，都是七七級中文系的。

肖鵬這樣寫，確定兩人之間的一種同學關係，是為了便於展開故事，而且越往下寫，越覺得事情本就是這樣，不可能是別樣——對方絕不是自己在牌桌上認識的那個記者，也不是老婆那個業餘合唱團裡的歐陽老師，最應該是他往日的同學。沒錯，肖鵬太熟悉這傢伙，一閉眼就能聽出對方的腳步聲，嗅出早年的氣味。他不是最應該成為肖鵬的同學？

七七級是比較特殊的一屆。因為「文革」十年裡大學一直沒招考，待一九七七年全國亂局消停，恢復高考招生，各路大齡青年一擁而入。如此景觀既空前又幾乎絕後。這些養過豬的、打過鐵的、當過兵的、做過裁縫的、混過郊區那些黑廠黑店的，重新進入學堂，給校園增添了許多粗糙面孔。其中一些還有過紅衛兵身分，當年玩過大串聯和戰鬥隊，甚至在武鬥中操過駁殼槍與手榴彈，不是什麼省油的燈。相對於應屆的娃娃生，他們有的已婚，有的帶薪，有的鬍子拉碴，有的甚至牙齒和指尖已熏黃，都自居「師叔」或「師姑」，什麼事沒見過？照有些老師後來的說法，這些大齡生讀過生活這本大書，進入中文系，其實再合適不過。讓他們挖防空洞、值班掃地、食堂幫廚什麼的，也總是高手如雲手腳麻利。但話分兩頭說，在有些管理幹部眼裡，這些人則是來路不明，背景不清，思想複雜，毛深皮厚，相當於野生動物重新收歸家養，讓人不能不捏一把汗。

放假了。那年頭交通落後，外地學生最愁的是車票，特別是火車票。有人去車站售票廳排隊到天亮，擠得渾身冒汗兩眼黑，排到窗口時卻可能是咔嗒一聲關窗，據說是票已售完，只能欲哭無淚。有的女娃還真哭了，哭著在長途電話裡喊爸喊媽。師叔師姑們則淡定得多，不覺得這算什麼事。他們有的去翻車站圍牆，有的去途中爬煤車，有的去路口蹭車，連軍車、郵車、囚車、運豬車、殯葬車……都可能成為他們的機會，能蹭上就絕不放過。陸一塵還有個老鄰居的姪女在票房當差，一經轉彎抹角搭上關係，三句五句聊熟了，聊得對方喜笑顏開，也能取來兩三張人情票。

在同學們央求下，他進一步助人為樂，憑一頭天然卷、一口雪白牙齒和兩個深深酒窩，每到放假前便孤軍深入，大施美男計，把票房裡的很多姊妹逐一搞定。今天給這個買話梅，明天給那個看手相，今天幫這個挑花布，明天教那個跳快三慢四……嘣嚓嚓，嘣嚓嚓嚓，他成為那一女兒國最暖心的騎士。

他一把奪走某個妹子的飯勺，說你再不幫老子，老子就天天用你的勺子喝湯，同你間接接吻！

直氣得對方跳腳：

好痞啊！

你好無血！

你太壞了太壞了太壞了……

但姊妹們咯咯咯笑得更歡了。他由此帶回一張張車票，解了不少同學的歸家之難。

肖鵬有一次覺得車票不大理想：「慢車？還站票？」

「你以為我容易嗎？」陸哥大翻眼皮，「本大哥為革命奮不顧身，受了好多調戲，才打出一片解放區的天。你小子還挑坐票站票？」

是不容易，太不容易了……外地同學後來察看他臂上的青痕，據說都是被小爪子掐出來的，被小拳頭捶出來的，於是大謝陸哥勞苦功高，還一次次請他吃棗吃瓜，推薦他當優秀學生。他的不少作業也由外地同學承包代勞。

只有肖哥不以為然：「挨打活該。肯定是他一見賣冰棒的又說忘了帶錢，一到還錢又說不想整錢拆零，不挨打才怪。」

這是揭發陸一塵的小氣。

娃娃生不知哪一位師叔說的是真，更不知他們見面就槓，見面就掐，從不給對方好臉色，不知到底積有多少舊恨新仇。其實，他們兩人關係沒那麼糟，只是處得越近摩擦就越多，兩張嘴都想占個上風，如此而已。

兩人是上下鋪關係。肖哥經常是衣扣掉了沒補，衣服髒了不洗，被女生取了個俄國名：邋遢拉夫斯基，中譯名則為臭馬桶。但陸哥對俄國乞丐大體上很給面子，笑歸笑，罵歸罵，警告和控訴不斷，卻一直沒要求換床和換房。大一時寫作課，老師愛點名。肖哥若曠課，都是陸哥替身應答，遮掩過去。作為回報，考太極拳科目時陸哥差點掛科，則是由肖鵬借來一副平光眼鏡，用燒熱的鐵鉗在頭上燙出卷，在臉上抹了兩把雪花霜，然後去冒險代考。好在體育老師上課少，來得不多，記不住那麼多面孔，只是對他多看了一眼：「你叫陸一塵？」

他點點頭。

「你好像要高一些吧？」

他急忙繃直腰。

「你好像是有酒窩的啊。」

他趕快臉皮往內收縮，說肉一多，酒窩就填平了。

那一刻，全靠他臨危不懼厚顏無恥面不改色，老師最終也沒說什麼，沒對疑點進一步深究，同意他下場冒名開拳。

陸哥有一段熱衷於校外的舞會，有時回校時遭遇宿舍關門上鎖，只好爬牆和翻窗。管理員抓了個現場，要去校方舉報他。這兄弟的事就是自己的事。肖哥不負重托，滿口答應幫忙，立刻拿一包菸去把徐大爺迅速擺平：「人家是大孝子，晚上是去醫院裡陪老娘，肯定比你家裡的大狗和二狗強得多。你打算陷害忠良啊？」

「哄鬼，一身香噴噴，皮鞋擦得賊亮，是去醫院？」大爺根本不相信。

只是大爺已點上了菸，還看了看菸牌子，最終便沒去舉報。

這種上下鋪的友邦狀態一直持續到「驅張事件」發生。所謂張，是時任校長張某，以頒布禁校園舞會、禁奇裝異服、禁自發社團、禁港台歌曲等著名的「八禁」聞名，是個超級古板的花崗岩腦袋。據說藝術系一位男生患抑鬱症，最終跳樓自殺，就與他犯禁和受罰有關。這一件事太揪心，立刻激起了學生們公憤。特別是大齡生們沒法忍，未婚的老叔老姑也得忍受「禁止學生戀愛」，是不是等到老樹枯柴和人老珠黃的那一天？是不是這輩子就得為攀登偉大的知識高峰而無嗣絕後？這大學還沒改成修道院和大雄寶殿吧？

那一段陸哥像打了雞血，投入校園裡各種抗議，很少在寢室露面，只留下床頭牆上一紙格言：

如果血不能在身體裡自由流動，就讓它流出，流遍大地！

讓人一看就不無澎湃心潮。

肖鵬差一點也激情了，差一點也跟著陸哥去南校區參加集會了。不料一出門就遇到當頭烈日，他嫌曬，說吃不消，說要出人命，又是揮摺扇又是買冰棒，出門不遠就打道回府，革命意志很讓同志們看不起。

這一下就拉開了距離。陸哥好幾天不來下棋和扯淡，連背影也見不著。有不少陌生人來找他，不時敲敲房門，目光掃一圈，把同樣問題問上最新的一遍，很讓人煩。這一天，他好容易回來一趟，卻有一夥男女鬥士隨行，好大個陣仗和氣場，吃掉了三〇七室所有的剩饅頭和西紅柿，撞破了一個熱水瓶，踩得椅子上泥跡斑斑。是不是順走了一個乒乓球拍，也十分可疑。是不是有人拿錯了一片鑰匙，事後也成了懸案。

他們七手八腳往窗外掛大橫幅，大概是看中了這個窗口，看中了這裡正對籃球場，是文宣造勢的最佳位置。

在整個過程中，他沒同肖哥說話，幾天前他借走的二十元，大錢啊，巨款啊，肖哥很想問的事，他居然也沒提。

更惱火的是，第二天肖鵬在夢中驚醒，撩開蚊帳一看，發現差不多又是暴徒們來砸牆揭瓦了，滿屋子陌生人把這裡塞成了一個肉罐頭，又是尖叫，又是搶話，又是敲桌或拍掌，齊刷刷的腦袋一下扭向這邊，一下又扭向那邊，逐一追蹤最新的高見發布者。這夥人似乎正在開會。他們正在爭議要寫「三條」還是「四條」，爭議「盲人騎瞎馬，夜半臨深池」這種修辭是否酸了點，爭議「順我者昌，逆我者亡」這種口氣是否太狠。有人在臨時拼接的自習桌前，操一枝毛筆就著大紙龍飛鳳舞，大概在炮製最新書面聲明。

肖哥發現自己的鞋不見了，好容易找齊了天各一方的兩隻，上一趟廁所，又差一點回不來，被陌生人堵在門外。「對不起，這裡沒什麼好看的，往後退，往後退，聽見沒有？不是代表的不要進來。」

原來這裡已被那夥人徵用為會議室。

幸虧有一同學替他作證，說他是這間房的「原住民」，肖哥才得以歸窩，悶悶地抽上一支菸。沒料到身旁一個女生揚手扇鼻子：「這位同學別放毒氣彈好不？」

「好歹是大學生，總要講點道德吧？」女生旁的一位護花使者，牛高馬大的平頭漢子，也立即拍馬向前緊急附和，「沒聽說學校禁止學生抽菸嗎？不覺得這裡已經悶得慌嗎？不知道二手煙的危害嗎？何況人家今天感冒咳嗽。」

陸哥是會議主持者，見情形有點僵，擠過來拍了拍肖哥：「算了，你先忍一下。特殊情況，理解萬歲。我最後總結幾句，他們就散會了。」

肖鵬覺得這拍肩很彆扭，過於居高臨下，「總結」「散會」一類詞更扎耳。他雖掐了菸頭，卻忍不住節外生枝要找回來。「誰偷吃了我的油條？」他把空碗砸在桌上，「來一次就偷一次，特不要臉。誰啊？」

陸哥臉上有點掛不住：「對不起，打擾你午睡了，你消消氣。不過這時間也差不多了，你看看手錶……」

「老子神經衰弱，病號。」

「要不，你移駕到三〇九去睡一下？對不起，你還不知道眼下的形勢吧？你聽我說，天翻地覆，氣勢如虹，革命形勢一派大好哇。林欣你說，是不是？今天差不多各個系都鬧開了，特別人家體育系的，要肌肉有肌肉，要血性有血性，都寫下血書啦……」

陸哥身為領袖，卻被一個眼鏡男生隨意插斷：「說什麼呢？廢什麼話？這世界真是新鮮啊，什麼人都有。都什麼時候了？我們的好同學死不瞑目，屍骨未寒，在天之靈一直看著我們，看著我，看著你！而我們在幹什麼？還磨磨嘰嘰討論午睡不午睡，該在哪裡睡，不可笑嗎？不可恥嗎？」那人把一條脖子拗來拗去，左右回環，如同頸椎運動，突然大拍胸口，目光掃過周圍一張張不爭氣的臉：「在下外語系的，免貴叫皮特，沒寫過血書，也從不純潔高尚，但怎麼連我都聽不下去呢？」

這話很有攻擊性，逼得肖鵬臉更紅了：「血書？」他冷笑一聲，「痔瘡吧？」

大家一時震驚，不知該笑，還是該及時表示義憤。

肖哥盯住陸哥眼裡的震驚：「我說痔瘡，怎麼啦？」他突然手指房門，「看見沒有？門在那裡。你們小耳朵受不了的，現在出去！」

「天啦！」已有女生慘叫起來，喊出了巨大的心理創傷和求生渴望。

事情鬧到這一步，好無趣，好寒心。一陣靜默後，又一陣喧譁後，有的交換一下眼色，悻悻地往外撤。人們還免不了一路譴責：什麼人呢，太不像話，太自私了吧，這也是大學生……不知是誰走在最後，好像是那個外語系的皮特，氣呼呼摔了一把門。

這一摔讓肖鵬是可忍孰不可忍，罵來罵去，最後罵上了陸犯一塵的人來瘋和假雞血。他本來不必這樣粗魯的，本來也可以忍一忍的，但誰叫他陸一塵那樣人模狗樣呢？要說民主，誰都擁護，誰都激動。但菸權也是人權啊。不准抽菸，不准在自己的床頭抽，也太過分了吧？還有巨款的不明不白，二十塊啊，不是三毛兩毛，總得有個說法。你是坐公交車了，是買標語用紙了，是給女生買糖果了，總得有一句話吧？人們只說過高尚是高尚者的墓誌銘，沒說過高尚是高尚者的小金庫。莫非人一高尚，就面子大了一號，就可以不把朋友當朋友，可以不把朋友的錢當錢？

這天，熄燈後的臥談會照例七嘴八舌。有些室友譏諷肖鵬是葉公好龍，好自由又怕自由，想革命又反革命，不過是魯迅先生筆下那誰誰誰。還有人譴責肖鵬的嫉妒心，倒是對陸一塵近來的表現表示刮目相看，說他雖領袖氣質不太夠，稍稍文弱了些，但也算是脫穎而出，給三〇七長臉了。沒看見嗎，他腦門上常箍個布條，身上口哨、小紙旗、電喇叭什麼的裝備齊全，總是出現在最顯眼處，比方集會的高台上。一二三四五，我們要跳舞！一二三四五六七，中文系的好著急！……你別說，他那花式領喊的效果其實不錯，確實別出一格！

肖哥憤憤地翻了個身。屁，那傢伙不過是公私兼顧，以公謀私，又有一個輔導女青年的機會罷了。不信你們去查，不是藝術系就是外語系，一查一個準。司馬昭之心啊，那點小九九瞞得過誰？

物理系是電打的，化學系是硫酸燒的，生物系是福爾馬林泡的，歷史系是出土的，政法系是上布告的，中文系是滿臉錯別字的……只有外語和藝術那兩個溫柔之鄉，女生比例高，靚妹看不過來，多是都市家庭的天生麗質。這不都是他說的麼？他一直後悔沒把洋文學好，是不是還要向外教洋妞伸出罪惡魔掌？

肖鵬要打賭，說你們去查，他若不是找花姑娘在哪裡手把手地談理想，談人生，你們就來打得我貼十塊膏藥。

臥談者們一個個都笑岔。

毛小武警告：「馬桶，你別汙染下一代好不好？」

他下鋪的曹立凡立刻回嘴：「別以為就你們老傢伙懂。誰不知道呢，自古美女愛英雄。革命時代就是英雄的時代，英雄時代也必是戀愛的時代。」

毛小武大驚：「嘿，小屁孩，還讀了點書麼。」

「這還要讀？」

「你掛涎圍夾尿片的，未必也有了實幹經驗？」

「毛哥，你別拿輩分壓人，拜託啦。在下虛歲十八，四舍五入一下也是二十，放在舊社會，說不定兒子都可以打醬油了。」

「呸，你小子虛報浮誇，躥得太快了吧？」

大家又笑，當下集體決議，把曹立凡打回到未成年狀態，見人得叫叔。他要是不從，就得脫下褲子讓大家看毛。他們七嘴八舌一直鬧到隔壁或對門的忍無可忍，前來敲門抗議，這才消停下來。

第三章

他和他的心

不知出自何人之手，陸一塵床頭的格言招貼竟被塗改成：「如果荷爾蒙不能在身體裡自由流動，就讓它流出，流遍大地！」

這是後話。

晚上，一個衛校的小女生來敲門，是來找陸一塵的。來人綽號咪咪，肖鵬早就認識。陸哥同她處對象時，急於要幾首愛情詩詞，全靠肖鵬捉刀，〈點絳唇〉、〈蝶戀花〉什麼的讓陸哥人文指數大增。

眼下，人家又是衝著人文指數而來，但肖鵬不知動了哪根筋，丟下手頭的《基督山伯爵》，借來一輛單車，一心急朋友之所急，馱上咪咪，又上坡，又下坡，在卵石路面上顛出一身老汗，碰到石階就吭哧吭哧車騎人，一直扛到學校行政樓，在廣播室前使勁拍門：「陸犯一塵，快開門，看你怎麼謝我——」

陸是播音員，常在這裡工作和會友。不過此時他並不在。肖鵬不放棄，又把咪咪馱到圖書館，陸哥也常在那裡張羅朗誦會和研討會的。

還是撲了個空。

見偌大一個圖書館人滿為患，好多男女靜靜讀書，妹子覺得不好意思，說算了算了，不找了，耽誤了你們的功課。

肖哥說，沒關係，他們都是裝模作樣，這個你不懂。

他不屈不撓，活力無限，要把好事做到頭，一拍腦子說有了，再把咪咪馱向外語樓。外語樓在校園裡最洋氣，有尖屋頂和落地窗，西頭還有片橡樹林，一棵老樹下特幽靜，玫瑰暗香襲人。有一張鑄鐵靠椅，剛夠兩人坐，是學生們眼裡最合適的愛情搖籃——人們不在這裡浪漫一下，好像就辜負了只有油畫或水彩畫裡才有的異域風光。

果然，他遠遠就嗅出了預料中的動靜和氣息，借一脈路燈餘光，見兩黑影正在愛情搖籃裡糾纏，其中一位的身影果然眼熟。

他大搖車鈴：「陸一塵，你滾過來——」

這一聲嚇得那兩個黑影迅速分離。待咪咪跳下車，走過去，再走過去，接下來的卻是一連串「啊啊啊啊——」，聽上去像是撞上毒蠍或馬蜂，一時下氣不接上氣。

「咪咪！」

陸一塵那個眼鏡片從黑暗中冒出，手忙腳亂的，聲音慌慌的，追向那個突然掉頭而去的妹子：「咪咪，你聽我說……」

「咪咪，你別跑……」

「咪咪，你誤會了，你等等我……」

到這一刻，橡樹下另一個黑影也晃了，也跑遠了，留下小皮鞋在路上一線篤篤，還有什麼東西狠狠砸在地上的聲音。這真是老鼠掉進風箱裡兩頭受氣，陸一塵又趕回來結結巴巴：「文麗，文麗，你聽我解釋，你給我一分鐘，就一分鐘好不好？……」

怎麼都走啦？不是這樣玩的吧？肖鵬其實聽到了黑暗中一記清脆的耳光聲，知道那是什麼意思，卻故作驚訝，裝費解，裝呆若木雞，裝不知所措愛莫能助。他在老橡樹下差一點捂嘴竊笑了，回程的路上哼上了小調，故意多繞了一圈，還恨不能在車上來一個心花怒放的倒立。他回到寢室，甚至興奮得睡不著，在床上吟誦了三兩首古詩名篇，一直等到下半夜才聽到陸哥推門回窩。不過奇怪的是，對方沒來打架，也沒嘆息，只是借一束手電光，慢悠悠吃了一個蘋果，不忘記刷牙和洗臉，好像什麼也沒發生。

這怎麼可能？他肖鵬早把罵人的話準備了一肚子，早把一截廢水管藏在枕下，就準備撕破臉的一刻。這血海深仇對方怎麼可能嚥得下？

第二天中午，據人們事後說，陸一塵走出食堂，在變壓間附近的路口，就遇上三個堵在前面的大漢。還沒明白是怎麼回事，他就被來人一把揪住胸口，一把頂到牆頭，眼鏡被揪掉，校徽被擼掉，手上的飯盆勺子更不知飛向何處。這事來得太快。幸好室友毛小武路過，見他在圍攻之下鼻斜嘴歪，立刻撿起一塊板磚上前。

「幹什麼？三打一，仗人勢啊？」毛哥異人異相，一個術後兔唇仍有淺疤，眼睛一瞪就白多黑少，兩圓相套，這種面容顯然有利於穩定局面。

「沒你的事……」一個大漢衝上來推他，不料反被他推了個趔趄。

陸一塵緊緊揪住大救星：「他們哪裡來的？我不認識他們，真的不認識……」

小武繼續用板磚指定外來人：「滾！滾！滾遠點！來這裡撒野，沒王法了是吧？也不去打聽一下，南門口小武爺是吃什麼的！」

「你是武哥？」對方好像知道這個名字。三人互相看了一眼，隨後有人遞上菸，在小武耳邊急切地嘀咕和比畫。武哥沒接菸，但大概聽明白了，回頭時便面有難色：「一塵，一塵，這就是你理虧了。處朋友沒什麼，但你釣了人家妹子，還釣人家的小姨，亂亂亂了麼。」

「天地良心，我也不想那樣，真不想那樣……」

「那是哪樣？」

「是我的心……」

「心怎麼的？」

「小武哥，我拿我的心，沒辦法啊……」

毛小武沒大聽明白，不知道他的心怎麼了，缺心的他又怎麼了，於是再次去找對方交涉，但三五句下來，結結巴巴紅了臉。「我說不清了。」他回頭摸腦袋，「你剛才說什麼來著？你的心……心怎麼的？算了，你自己去說。」

「毛哥，你得幫幫我，我真的不認識他們，千真萬確千真萬確……」陸一塵額上已冒出汗珠。

「不正在幫你嗎？這樣吧，長痛不如短痛，你好漢做事好漢當。說實話，不打，你沒理。打了，你的心又不服。我看就這樣，打三拳，一人一拳，這事情兩清。」

毛哥朝他背上推了一把。

可憐陸一塵，用他自己的邏輯來說，終遭自己的一顆心連累，或一顆心終遭自己連累，自覺冤屈萬分，孤獨無助，被整個世界拋棄了，只能走向空空祭壇。他希望路邊還有其他同學的熟悉面孔，但最終沒等到機會，於是再次被陌生人揪住胸口，還沒站穩腳跟，也沒聽到對方動手前的讀數預警，更沒準備好男子漢英勇受難的姿態，就眼前一黑，隨風而去，在空中手舞足蹈。

「慢——」毛哥舉手叫停，上前去大數一、二、三……一直數到十，沒見什麼動靜，俯身看了看，見血了。

他以裁判姿態雙手交叉高舉，宣布懲戒結束，喝令圍觀者統統散去。據說事先他與對方就是這樣約定的，這事大不大，小不小，三拳封頂，見血即停，餘數不補，江湖上的規矩不能壞。

眼看著圍觀者黑壓壓的越來越多，三位尋仇者大概也不想惹麻煩，只是罵罵咧咧，朝地上那堆肉啐了一口，盡快離場而去。

這就是肖鵬聞訊趕來時的場景。他埋怨毛小武：「哪有你這樣幫忙的？你小子就不能槍口一致對外？」

「有錯嗎？」

「你說三拳就三拳？你是公安局裡煮飯的，還是法院裡掃地的，也有資格判案子？你就不能喊人去報告保衛處？」

「就是到了法院，也只能這樣斷吧？」

「你呀你，真是沒文化，還算是大學生！」

接下來幾天，陸哥不見了蹤影，據說是補牙去了，躲到親戚家清瘀消腫去了，好些天裡出門都戴一大口罩，蓋住左小右大的一張臉。恰逢上級批准張姓校長請辭，「八禁」的大部分內容取消，第一場舞會破天荒在北院燈光球場舉行。那一夜真是青春狂歡，獻歌的、獻詩的、獻舞的精彩紛呈。中文系男生推出了長詩朗誦〈共和國之春〉。政教系的排演了致敬邊防戰士的歌舞。藝術系則推出一台模特時裝秀。還有一對白髮老教師夫婦，跳了一種叫探戈的東西，鬼頭鬼腦一驚一乍相互蹂躪的那種，暴露出自己隱藏很深的真面目，驚得學生們眼界大開，熱烈鼓掌，口哨聲四起。只是音響設備一時尖叫一時啞火，讓人焦躁不已。照理說，這都是陸一塵的專營業務，在這種場合不能沒有他的主持和領誦，不能沒有他上上下下的全局性張羅。但白熾燈下一直沒見他的大白牙和大酒窩，有點可惜。

突然停電，球場以及四周樓房都一片漆黑。有人亮起手電筒，有人用打火機獻光明，星星點點，四處浮動。有些人說，肯定是校方什麼人又在搞鬼，沒安什麼好心。走，走，再找他們鬧一通去……不過還好，電燈不知何時又亮了。於是剛才到底是有人搞鬼，還是常見的電站超載跳閘，人們也就不說了。

再次見到陸一塵時，肖哥已事前掃淨了地上的菸頭，疊好了被子，洗了襪子和枕套。一隻意在剩飯的蟑螂也被消滅。他只差沒以一臉諂笑迎接老友。

一個大口罩對他卻視而不見。

「老夥計，背上在哪裡蹭了灰？」肖哥上去還拍了拍。

大口罩撥開他，爬到上鋪，在那裡東一下西一下，不知在整理什麼。

「你的臉不要緊吧？那天我來晚了一步。依老子脾氣，靠，玩邪的，得讓他們豎著來橫著去……」

上鋪仍有東一下西一下的聲音，沒有回應。

說到最後，肖鵬追出房門解釋：「不好意思，一塵，那天咪咪定要找到你，我也是沒辦法啊，推不脫啊，不也是想成人之美嗎？誰想得到呢，偏偏那樣巧……」

大口罩爆發雷霆之威，飛起一腳，把路邊一塊柚子皮踢出老遠。直到這時，他身後的肖鵬才伸了伸舌頭，知道事情已無可挽回，兩人之間的交情怕是到頭了。

第四章

暖心故事

馬湘南送走海關官員，接到了陸一塵的電話。但他記不起肖鵬這個人，好半天才想起綽號邋遢拉夫斯基，想起一個經常提著棋袋子串門的黑胖子。那就是他嗎？當時自己住隔壁的三〇九，串門不太多，而且往事忘得快，這個那個都印象模糊。

那傢伙怎麼啦？在網上寫小說搞人身攻擊？還差一點真名實姓地幹，搞得圈子裡都一個個能對上號？這事簡直不算事，好辦，很好辦。世上總有人活得不耐煩。要玩大家一起玩，他玩紀實文學，我們就玩一點行為藝術，玩一點動作片，看誰玩死誰，看他明天出門還能不能找到小賣部。

馬湘南關掉手機時，又有點不以為然。稀奇，這年頭居然還有小說，還有神經病來讀小說。那些臭烘烘酸掉牙的東西比數學還添堵，比二維碼還花眼睛，拿來擦屁股也嫌糙。說不定這一消息也可能是個套，不過是陸哥謊報軍情，編個由頭先來搭上話，博同情，套近乎，接下來就為他的女子合唱團扎錢？

他哼哼哈哈，只是答應陸一塵，上網去看看。

但他沒看上幾頁，放出兩個哈欠，就在沙發上呼呼睡了。再次接到陸同學的電話時，他強撐眼皮，說看了啊，沒什麼啊。

「你到底看沒看？我都替你徹夜難眠了。他寫得那樣陰損，那樣歹毒，一點也不顧及當年同一個戰壕的感情。他居然說你當年連岳父大人的字畫都敢騙，氣得老人家操上拐杖，把你追到火車站。」

「倒也是……有這麼個屁事……」

「還說你考場舞弊，跳熄燈舞，你都看到了？」

「在哪裡？」

「你還真淡定。馬湘南，我算是服了你。你現在當著三個董事長，怎麼說也是公眾人物，就不怕在外面臭名遠揚？且不說你的生意，樹活一張皮，人活一張臉，你再寬宏大量，也得讓你的律師發個函過去吧，得讓你的保鏢上門去問候一下吧？兄弟，你一世英名，就要被他毀啦。」

「你給我找到家教沒有？」馬哥插斷對方。

「那事等一下說，我這裡還沒完呢。」

「我看沒什麼大事。」

「大河馬，你腦袋被驢踢了？」

「只要他不舉報老子走私和逃稅，他愛誰誰。」

馬湘南斜瞟著電視裡的足球賽，嚼一塊口香糖，不再理睬對方的悲憤。說實話，他對一切往事壓根都不感興趣，甚至覺得姓陸的一張是非嘴，從來吐不出什麼金瓜子，什麼時候在江湖上碰個鬼，踩一腳屎，也是活該。就拿小說裡那一段來說，馬湘南算是硬著頭皮讀下來了，也記起什麼來了。嘿，姓陸的那次挨打，被打掉兩顆牙，不是自找麼？

其實，那次他馬湘南也是半個當事人。他跨一輛邊三輪，帶斗的綠皮的那種，剛準備回家，就碰到校門口三個可疑的陌生人，打聽誰是陸一塵，打聽男生四舍在哪裡。馬哥早已聽說過陸哥的複雜情史，那麼眼下是什麼情況，大概不難揣測。

他還是講義氣的，不願讓室友吃虧，於是回頭一溜煙轟去了食堂，在酸菜大蔥的氣味中一把逮住事主，踢了對方一腳：「鬼子進村，十萬火急。卷毛鱉，今天有個重要情報，看你今天怎麼謝我。」

對方看了他一眼，仍在水龍頭下悠悠洗飯盆。

「十塊錢，我給你指一條活路。」

「錢是這樣搶的？」

「你不想聽，不要後悔啊。」眼看對方要走，他又忍痛讓利，「算了，八塊，八塊的菩薩價，便宜給你。」

「你先給我貸點款，我再來做生意。」

「欠著也行，什麼時候有錢什麼時候給。」

對方眨眨眼，竟向他豎一中指。

這王八蛋，把好心當驢肝肺了，居然恩將仇報。結果怎麼樣？捨不得幾粒米，還不是被仇家捶成餅餅？照他自己事後的說法，他陸哥冤深似海，其實連人家妹子的嘴都沒親，連摟腰也是隔著皮襖和雨衣，乾乾淨淨的童子身赤子心，只是在大樹下心靈昇華，暢談了一通國家命運，重溫了一通不自由毋寧死的時代精神，就慘遭暴力傷害。

事情真是那樣麼？好，若真是那樣，在馬湘南看來這傢伙就更該捶——道理再明白不過，他貼上巧克力，貼上甜言蜜語和嘔心瀝血，最後還賠上皮肉之苦，這種賠本生意是人做的？

陸一塵不但不反悔，事後反而倒打一耙：「不怪你怪誰？只怪你平時太貪心，雁過拔毛，見蚊子割肉，害得我沒法信你了。」

屁話，他馬湘南是貪心，那又怎麼樣？偉大的市場經濟已經潮起全國，就要碾得你們一個個粉身碎骨血流成河了。在這種形勢下，貪心就是覺悟，就是進步，就是敢為天下先，就是革命戰爭年代裡的衝鋒陷陣炸碉堡。明白不？醒了不？

報考大學時，他馬湘南就壓根不想進這個中文系，差一點去了農大的食品加工系，以為那裡一個個都是美食大廚；再不濟，他也得進個畜牧系，享受一下放開肚子吃肉的快樂，想像一下國營店裡賣肉大爺的那種神氣活現和廣受逢迎——這差不多就是民間俗話說的，聽筒（醫生）輪子（司機）殺豬刀（屠夫），姑爺都得這樣挑。那時滿街的中國人民都有骨感美，豬肉到哪裡都是硬通貨。

他當兵三年一直在做這個夢。機炮連裡最多他這樣的大塊頭，都是扛重機槍、扛迫擊炮的，沒一個不是餓鬼，沒一個不羨慕炊事班和白圍裙。要不是老娘說畜牧系的豬啊羊啊鬧心，他絕不會改志願。

但他後來進了中文系，也不覺得複句、修辭格、平平仄仄、創造社和語絲社有哪一點不鬧心。一個「和」字，六種讀音，有病吧？這裡已經由精神病院承包了吧？

情況常常是這樣，上午第二、三節課的時候，教學樓正一片肅穆靜謐，叭叭叭的摩托聲才由遠而近，由小到大，一路轟過來，喘息幾下漸次消停。然後有兩隻大皮鞋呱嗒呱嗒，上了一層樓道，拐入二層樓道，繞行長長走廊，一路驚天動地，最後撞開梯形教室的後門。不用猜，那只可能是他的一身將校呢和熊腰虎背，按時隆重駕到。

如此擾民也不算什麼。更要命的是，他坐下要不了片刻，那裡就可能有鼾聲漸起，逐浪推高，令前面的後腦勺紛紛回望。

「馬湘南，馬湘南同學，你……昨晚幹什麼了？」一位老教師被他氣得兩手發抖，粉筆頭都掉地上，差點一口氣沒憋過來，「你……你太傷我自尊了吧。」

班長樓開富事後勸他自我克制，至少不要在課堂上打鼾。

「我不打幾聲鼾，張老頭還真以為自己講得好。」

「他執教三十年，確實講得不錯的。」

「還不錯？講得我都打鼾了。」

「你鼾聲如雷，再好的老師也會講亂吧？」

這裡的因果邏輯不易理順。

他家住本市，寄宿沒多久就改為跑讀，下課後總是一腳油門踩回家，很多作業交給老娘去做。可憐那廳長夫人，黨校教師，因逼迫兒子改過志願，就得對兒子的學業負責到底，面對兒子甩過來的作業本，只能戴上老花鏡，一題一題代為用功。但兒子沒想到，天下的真理有可能並不一樣，老娘依據另一種教材，其答案也常被老師扣分。「我媽說的！」他不甘心真理的多元化，去講台那裡扒開這個腦袋那個肩膀，纏住老師據理力爭，「向毛主席保證，真是我媽說的，不信你去問。」

老師覺得這個爭辯理由很怪誕。

老媽再英明也管不了大學，更沒法進考場，試卷就只能由他應付了。肖鵬也是個學渣，或者是說是立志要當學渣的怪胎，勸他遇到選擇題不妨一字一戳上口訣，筆尖戳哪裡就是哪裡：「一二三四五，上山打老虎，老虎不在家，答案就是它。」不過，這種小學生伎倆實在太墮落，太辜負黨和人民。他馬湘南畢竟是退伍的上進青年，更願意串通別人同上廁所，抖尿時三言兩語，互相核對答案；或備一頂「考試帽」，帽檐最寬大的那種，掩護他到時候目光四處潛游偷看鄰桌筆跡。為對付校方嚴規，他還曾夾帶紙團，靠一根橡皮筋穿過衣袖，另一端綁在褲腰帶，到時候即便被老師盯上，只要手一鬆，紙團迅速彈回袖內，便能讓對方查無實證，鎩羽而歸。

當然，更省心的辦法是跟定幾個女學霸，緊貼某一位選座，看她寫得差不多了，趁監考人不備，唰的一聲搶過答卷，剩下的事便再簡單不過——大筆一揮，改掉卷上姓名就行。

被搶者痛心疾首齜牙咧嘴，不甘心把他塞過去的白卷再做一遍，要舉手告發。他便趕快送上一句撫慰：「冰淇淋！」

或是一句許諾：「進口襪子！」

要不就氣呼呼瞪上一眼：「小氣什麼？」

他的舞弊攻略更多表現於賄賂，提上大包小包，在教工宿舍進進出出——在他生意發達後尤其如此。那時他越來越有錢了，靠的是盒式錄音帶、二手自行車、走私電子錶、女性內衣、尼龍襪一類，還包括押運活豬班列下香港，幾天下來在漫長鐵路線上混一個全身臭烘烘。連班上一個文學社的油印雜誌《朝暉》也是他的商機。那不過是同學們的一些詩、幾篇文章，紙張和裝幀都相當粗糙，每期必餘下一堆，塞在三〇六室周主編的床下。他不知何時靈機一動，叫上兩同學幫忙，把剩雜誌全搬到大街上，瞄準工廠和機關下班時的人潮滾滾，一邊敲打鐵皮桶，一邊喊得震天響：

快看啦，第一屆大學生優秀作文精選啦……

快看啦，望子成龍，望女成鳳，可憐天下父母心，知識改變命運，大學生的成功之路就在這裡啦……

快看啦，快看啦，限量發行，售完為止。要讀中文系，作文有秘密。名教授指導，黨政機關訂購。看新時期大學生如何脫穎而出啦……

結果出乎意料，一些大叔大媽以為這是高考輔導資料，兒女不可或缺的成功秘籍，紛紛上前哄搶，有的甚至一買數本，享受批發價折扣。

他事後買了五斤肉包子，犒賞了周主編以及幾個小兄弟。只是老娘發現了他的包子，急得團團轉。「不得了，不得了，你這是非法經營。你一沒證照，二不交稅，要犯錯誤的，要穿黃背心的。」母親指的是囚服，「你三叔那個娃……」

見他閉眼睡覺懶得回答，媽又苦苦相求：「湘兒，你不能再這樣了，你得上正路，你得靠攏組織，爭取早日入黨……」

「入黨？」他驚駭萬分跳起來，「入成你們這個樣？說起來還是個廳長，家裡連兩把藤椅還是繩子綁的，一台搖頭扇還嘎吱嘎吱叫。你老人家，害別人去吧。」

「你這娃……你這娃……你什麼時候能讓我省省心呢？」

母親找自己的救心丸去了。

不久，馬哥又發現一個更大的商機。這一天，他在鏡子前吹了頭髮，把皮鞋擦得錚亮，讓隨行的毛小武拎上公文包，像個秘書模樣，隨他一起昂首闊步走向市政府。經過一番交涉和等待，他由一位秘書引領，進入常務副市長辦公室，遞上營業執照和蓋有公司大印的一份報告——他那些生意朋友的手裡，這類印章多得像蘿蔔馬鈴薯，一抽屜幾十個。在報告裡，他承包經營的公司，經深入調查和慎重研究，決定回報全市人民的厚愛，義務清理河西區望月湖，還沿湖市民一片美麗的自然環境和一份健康保障。

副市長當然知道這個湖，靠近H大學的一汪臭水，多年來涵管堵塞，底泥淤積，蠅蚊亂飛，岸邊垃圾成堆，湖水腥臭撲鼻，讓人們捂鼻繞行或關窗閉戶。只是苦於財政緊張，市府這些年實在顧不上。沒想到眼下太陽從西邊出來了，有企業獻愛心來了，副市長把報告看了好一陣，不相信自己的眼睛。

「你們來就是這事？」

「就是這事。」

「沒別的事？」

「沒別的事。」

「好啊，當然，好事麼……」大概覺得這事太好了，便一定可疑了，首長仍是猶猶豫豫，「你們知道，這個，財政特別緊張哦，一年到頭刮鐔子涮罐子，能保住工資到位我就燒高香。我說的意思，你們懂？」

「我們在報告裡寫了，不要政府一分錢。」

「嗯，我看到了，看到了。小伙子，你們心是好的，非常可貴，非常感人，不過要辦成這事不容易啊，人力，設備……」

「我們願立軍令狀，三個月拿不下來，全員扣薪，老總滾蛋。」

副市長打電話叫來另外兩個人，三人細審報告，交頭接耳一番，這才稍緩緊張，有了副市長臉上一絲笑紋。送客人出門時，大概是已確認來客無詐，不可能有詐，再詐也詐不到哪裡去，副市長握手致謝，還應客人之邀拍下合影。馬哥曾提出請政府出示一紙批文，主要是考慮到施工過程中可能的噪聲、臭味、臨時占道等，請沿湖單位盡量配合。這當然也是合理要求。

不過是一張紙麼，副市長滿口答應。

接下來，馬哥手持一紙紅頭文件，只差沒誇口自己就是政府要員，把沿湖單位的門依次敲遍。又是講政策，又是講民心，又是講國際形勢，一堆口水沫子噴下去，聽者早已半暈，在嚴峻的國內外形勢下只得要麼出錢，要麼出人——他的「配合」要求就是這樣，沒什麼不合理。這樣，多見的情況是，一般單位抽不出人手，只好一千兩千的，三千四千的，按單位規模大小認繳。於是事情剛開始，四萬多真金白銀便落袋為安，多得像白事店的冥錢，怎麼看也不讓人放心。

至於具體工程，不用急，馬湘南早就瞄準了附近一片營房。一番巧舌如簧，再加上一紙公文，他果然激發出駐軍首長的愛民情懷，很快派出兩個連和幾台軍卡，嘿喲嘿喲一幹就是十多天。

馬總也沒閒著，讓小兄弟冒充媒體記者，挎上照相機，有膠卷沒膠卷都到處按一通快門，專衝著感人的場面去。還不知從哪裡叫來一些小學生，戴著紅領巾，搖動小紅旗，在湖邊奶聲奶氣喊出一些口號：

向解放軍叔叔學習！

向解放軍叔叔致敬！

人民子弟愛人民，人民軍隊人民愛！

……

根據機炮連的經驗，他知道兵哥哥們最受不了這一補。要是再給他們戴上大紅花，繫上紅領巾，找幾個花姑娘唱一曲〈送郎當紅軍〉，那他們想歇也停不下，還不一個個撒手撒腳瘋了般地幹？

他開支的麵包、汽水、抽水機租費等，總共才六千多。本來要贈送一些積壓庫存的尼龍襪和電子錶，還有鄧麗君的歌帶，但對方絕不拿群眾一針一線，說麵包汽水已經不好說了，襪子一類則萬萬不可。更鼓舞人心的是，記者們還真來了。本市報紙大篇幅報導了新世紀公司聯手駐軍官兵，為全市人民辦了一件大好事，解決了一個困擾大家多年的老大難。以致很快，一個暖心的公益故事鐵板釘釘流傳廣遠，連馬哥自己也有迷糊，曾對毛小武說，我們什麼時候廢寢忘食了？什麼時候淚流滿面了？嘿，有味，有味，我們這麼多感人的優秀事蹟，自己怎麼都沒想起來呢？我們有這樣優秀嗎？

「是啊，我還以為警察會來拿人。」

「管他呢，人家說你是，你就是。說你不是，你就不是。看來我們還非得謙虛一下不可了。」

馬哥把報紙帶回家，拍在老媽的書桌上，要給黨校教師一點 color see see（顏色瞧瞧）。他媽戴上老花鏡把報紙讀了兩三遍，還是半信半疑，「那個報上的馬總，也就是同你串了一個名，你有啥好得意的？」

第五章
訴訟要件

馬總在酒吧挑了個僻靜雅座包廂，要了杯人頭馬。陸一塵今天約律師前來，也約幾個同學碰頭商議，看能不能用法律阻止肖鵬的胡編亂造。馬哥興頭不大，不過老同學好久不見了，不來一下，怕人家說他人闊臉變，擺臭架子。

陸哥一直在打電話，預訂自己外出的航班和旅館，為一個包不包早餐的事，價格折扣多少的事，喋喋不休，死纏爛打，一招不成再上一招，已說出了一頭老汗。據說他這次不外出不行了，不躲一段不行。網路暴民已盯上了他。領導也來嚴肅談話，都把他當成了問題人物。連手下幾個女記者、女編輯也開始議論他拍頭、拍肩、拍背、拍膝蓋等下流證據，看上去也蠢蠢欲動，要加入抹黑大潮，逼得他好漢不吃眼前虧，得避避風頭。

問題是，他越躲，不也越顯得心虛，越坐實了肖鵬那傢伙所加的惡名？不越可能誘發一些前女友、前情敵落井下石的更大興趣？

馬哥忍不住笑，說你騷吧，這下好，騷出個頭彩。

「我騷？」陸哥高舉一隻手，「對天起誓，我已經糖尿病了，都性無能了。你別看我長得帥。其實我以前也就是膩一膩，包養精神二奶而已。」

「你以為我會信？」

「女人是個鬼，上了就後悔。我們老同志不可能不懂這個。你曉得的，一個白屁股只要在你面前晃兩下，你就欠人家一輩子，要哄、要陪、要買單。實不相瞞，起碼十年了，兄弟我情願回家擼兩下……」

「她們放得過？」

「太對了，」陸哥一拍掌，「你真是自家人。我不明白的正是這一點啊。你說說，怎麼能這樣？你碰她們，招恨；不碰她們，也招恨，恨不得把你嚼巴嚼巴一口吞了。」

「當初我就勸過你，硬是餓了，就吃個快餐。」

「那不行，那不行，人家小姐不同你膩，一邊嗑瓜子一邊做業務，說不定還修指甲、查短信、看電視，好像你是帶資入場搞基建的。」

陸一塵說到氣頭上，把兩個露背的銷酒女郎轟出包廂，還一個勁地搖頭：「這世道，真沒救了，審美價值都破了底線啊……」

愛你一萬年，

我的心永不改變……

兩歌手正在五彩光霧瀰漫的台上激情對吼。

這時律師到了。一位職業裝的白面後生點頭欠身，微微含笑，分別遞上名片，放下公文包，從包裡取出一瓶礦泉水，沒忘記對剛才路上堵車一事表達歉意。陸哥約的毛小武、趙小娟等還沒來，大概被堵在哪裡了。三人只好邊談邊等。

鮑律師說，他初步研究了案情，覺得這場名譽侵權官司勝算極大。這樣說吧，侵權者肖鵬，雖是寫小說，且已申明情節虛構，但既然採用真名實姓，至少是影射對象相當明確，那就不能有任何有損當事人名譽的造謠，更不能公開發布，造成惡劣社會影響。誰主張，誰舉證，法律就是這樣規定的。

「對，他就是一個法盲。」陸哥堅決擁護。

「比如說您馬總吧……」律師在便攜電腦上輕觸幾下，顯示出好幾條侵權事實，他已梳理歸納好的。

其一，侵權嫌疑人指馬湘南在當年的望月湖工程中，利用人民子弟兵的無私奉獻，非法獲利，數額巨大。但嫌疑人能提供賬目、單據、銀行資料嗎？如果不能，這種缺乏依據的人格貶損，應否依法追究？

其二，侵權嫌疑人指馬湘南當年混跡於社會，連一些群體事件，包括老知青要求返城的群體上訪、某外資人士辱華引起的抗日遊行、大學生們針對「豆腐渣」工程的揭黑反腐……也能成為他揩油的機會。他利用民眾的同情心和正義感，常冒充民意領袖，以召開「研討會」、「碰頭會」、「媒體吹風會」等名義，逼迫眾多餐館、賓館提供會議場所，實際上是強求免單消費。一些老闆稍有不滿，他們就用「革命者前線流血，小奸商後方發財」一類惡語，大吵大鬧，以怨報德，加害守法良商。問題是，嫌疑人能對自己上述繪聲繪色的描寫，提供相應的數據、賬單、證人、受害者營業執照嗎？如果不能，這種惡意的流言傳播，能否為法律所容？

其三，更大的事實要件是，侵權嫌疑人雖表面上誇讚馬湘南智商超群，敢闖敢幹，所提供的事據卻有夾槍帶棒之實。比如一九八一那年，當事人是否未經任何授權和公證，亦無任何監督，帶領一些人到處煽情催淚私募錢財，就構成了人格名譽的重大疑點。這一描述十分惡意。嫌疑人一再暗示讀者，當事人斂財有術，給自己購置了照相機等奢侈品，給隨從者散發了車馬費、辛苦費、夜班費、誤餐費等。在整個過程中，錢物賬目不清，其大部分據說後來被盜——這種說法查無實證，留下一個迷霧重重的想像空間。與此相關的是，當事人被指曾竭力阻止事態平息，實際上是為不法募捐盡量延續藉口，不啻渾水摸魚，更是公開教唆，滋擾社會，構成了經濟和政治的雙料違法。然而問題又來了：這一切描寫到底是不是事實？嫌疑人是當事人嗎？是目擊者嗎？有資格、有根據這樣寫嗎？能提供多少可靠的數據、照片、錄音、錄像、證言筆錄？他是否知道這種所謂爆料，會給當事人的社會評價、人格尊嚴、身心健康造成多大的侵害？

……

律師看來業務精通，態度平靜，表述簡潔，但字裡行間透出一種刀筆的狠勁，一步步把對手逼向絕境。

事態看來果然嚴重了。馬湘南黑下一張臉：「都是他寫的？」

「當然是。我要你看，你又不看。」陸一塵急得敲桌子。

「我招他惹他了？我沒給他刷過卡、借過車、擺過飯局？狗雜種，我記起來了，他那次生病，我騎摩托去幫他拿針藥，結果一傢伙翻下坡，一條腿後來在醫院裡縫了五針。我說過什麼嗎……」馬哥突然有點語塞，臉扭曲得厲害。

「馬哥，別傷心，那傢伙就是餵不熟。」

「募捐又怎麼啦？」馬哥揪了一下鼻子，「我都差點忘了，有個叫花子也來捐，倒出不少鋼鏰。我看得心酸，沒讓弟兄們收。」

「對，確有這事。」

「還有個老太，把一只銀鐲子也拿來，我不是也沒要嗎？這些事我什麼時候說過？」

「那是，那是。」

律師笑了笑，遞來幾張紙巾，讓馬總擦鼻子，平復一下情緒：「我充分相信馬總的人品，不過不涉案的好人好事雖然感人肺腑，在這裡卻用不上。這樣吧，如果我們要辦成鐵案，就得準備更多證據。」

「你說吧，證據有的是。」陸哥很有信心地代答。

「比方說，你馬總因為對方的侵權，蒙受了哪些損害？誰主張，誰舉證，法律對你的要求也一樣。」

馬哥經歷的官司不算少，對這事不外行。要什麼賬目、證照、名冊、合同、出貨單、病歷、離婚協議……他手下的人大多能搞定。什麼法官檢察官，他手下人也對付得多。不過，律師所要求的所謂損害，這一刻卻不容易說得清楚。公司利潤最近下降了嗎？好像沒有。媒體近來有跟風起鬨的文章嗎？好像也沒有。自己的食量、體重、胃病有無明顯變化？這個，好像也說不上，說不清……既如此，按鮑律師的說法，沒有後果就談不上損害，整個訴訟的基點有些懸。

陸哥急得直撓頭，建議把他家老三最近的病提出來，掛上訴訟。馬哥倒有點猶豫，含糊了一下，上了趟廁所，回來又含糊了一下。

是的，要說損害，實話實說，老三確實是他最深一道傷口，甚至是他看不到頭的漫漫黑暗。這事還得慢慢從頭說起。他有三個兒子，當年違規超生的罰款都好幾萬。他老馬家喜歡生娃，喜歡兒孫滿堂，在這一點上他與老爸、老爺一個口味，不願意讓婆娘的肚皮閒著。不過這些年下來，娃多事也多，一件件都扎心扎肺。老大馬波學業還馬虎，但自老爸再婚後就沒笑過，總是說老爸偏袒狐狸精，要婊子不要兒子，高中畢業後便一直杳無音信，到現在活不見人死不見屍。老二馬瀾，十六歲就把一輛寶馬玩出了車禍，一頭撞到山崖下，不但撞死了女友，還撞瞎了一隻左眼外加半隻右眼，以後做個守門的，也不方便了。

這種情況下，老三馬浩算是馬家最後的希望，最後一根救命稻草。要命的是，好容易砸下數百萬送他出國留學，一個高中讀了五年，一個本科讀了七年，倒讀出了一座肉山，腰間掛上兩三輪肥肉，一張大臉胖得要炸皮，肉堆聚集很難再擠出表情，要笑要怒都得靠指頭去扒拉。他回國時掛了耳環，蓄一條小辮，牽一條秋田犬，去醫院體檢，各項生理指標幾乎都糟過老爸。據醫生說，他那個腎已是一個老年腎，肯定是手淫過度的結果。

好吧，有病先治病。但那傢伙在家裡一趴兩年，每天不到中午不起床，不吃下八個雞腿四個雞蛋三杯奶昔就停不下嘴。除了打遊戲，就是電購網購，訂來的大包小包源源不斷，送貨員幾乎踩塌了門檻。他算是有洋文憑的，學酒店管理的，卻口口聲聲不願幹那「侍候人的活」，好像他還幹得了別的什麼。他又說自己要求並不高，早就看透了這個世界，以後並不想榮華富貴，能過上老爸的日子就可以了。

呸，小兔崽子，口一敞，氣一噴，什麼叫可、以、了？他以為他是誰？只見賊吃肉，沒見賊挨打啊，他可知道老爸在機炮連當牛做馬的日子？知道老爸押送活豬班列成天臭烘烘的日子？知道老爸編印《企業指南》時一家家去敲門而且到處點頭哈腰低三下四的日子？……馬大個想到這裡又鼻酸，又得揪紙巾。

特別是最近，邪了門了，見了鬼了，浩哥不過是看見一個老同學的阿沙瓦犬，比他的秋田犬貴太多，就覺得沒臉見人，太讓人受不了，三天兩頭要出走，要出家剃度，要上醫院查基因——好去找自己真正的爸，更有出息的親爸。

有一天他徹夜未歸，爹媽靠公司保安全部出動，靠打電話報警，最終才在一個寫字樓的地下車庫，找到赤身裸體的他。

馬哥這才相信，他遠不是什麼青春期性壓抑，給他找小姐恐怕是個餿主意。這傢伙看來也遠不是頑皮和懶惰，逼他跑步沒用，逼他看革命戰爭英雄片更沒用，恐怕得送去精神病醫院了。

一聽說電療，他媽就以淚洗面，好幾次在丈夫身上抓出一道紅一道紫，一頭亂髮往他懷裡撞，要拚個你死我活：「姓馬的，你還我浩浩，還我兒，他好端端一個人就是被你教壞的啊……」哭到傷心處，她又一屁股坐在地上，說自己不管了，再也不管了，出家修行去得了，還大哭自己命苦，嫁了個混世魔王，酒囊飯袋，誰碰上誰倒楣的掃把星，把她一個模特明星的美好青春毀了個透。

不是麼，她參加花道比賽獲了獎，人家就說肯定是她老公花錢買的。她參加古琴比賽獲了獎，人家又說肯定是她老公花錢買的。就連業餘模特走T台，她的老本行，飯碗裡的事，女人們也一個個擠眉弄眼，皮笑肉不笑，不也是往她老公那一頭浮想聯翩嗎？她再贏也是輸，再優也是廢，簡直有錢就是天生原罪，永無出頭之日——人們的徹底勢利，原來也是徹底的妒富和仇富啊。

天地良心，她的錢是偷來的還是搶來的？是脫褲子賣肉賣來的？她總共才有兩個兒，攤上了一個半瞎，再攤上一個瘋，天啦，菩薩什麼時候才能開開眼？

她哭天搶地，把自己那些獎杯、獎座、獎牌統統砸到門外。老公開始還去撿回來，撿到第三次時忍無可忍，揪住她一頓暴打，打得她嘴角鮮血。

也讓自己打出了一頓涕泗橫流。

就是在這場暴打中，馬哥尋找紙巾，發現老婆藏在手包裡的錄音筆，已錄下夫妻間此前的多次爭吵。

什麼意思？

老婆也對老公搞情報？

他忽感一股寒氣從腳跟冒到頭頂，全身毛髮倒豎。

北風那個那個那個吹，

雪花那個那個那個飄……

此時的酒吧已進入點歌環節。馬湘南哪還有心思對付律師，哪還聽得進陸一塵的勸？他心煩意亂地來到了大廳。有人點了支嘻哈，於是男歌手暴扒電吉他，女歌手狂扯電二胡，兩人都穿金屬亮面服，中西合璧一併發出金屬人的長嚎，聲浪有一段沒一段地不時擠入包廂。沒一個音是穩的，沒一個音是整的，專往神經難受的地方戳，與神婆巫漢鬼森森的叫魂差不多。

這不就是浩大爺經常嚎來嚎去的那一口嗎？「哭喪啊？」他猛拍吧檯，指著兩演員濺沫子，「喂，說你呢，就是你，看誰呢？」

台上人影與人聲均戛然定格。

「你們號喪啊？老子還沒斷氣，還不是癌症晚期吧？」

兩歌手不知他是哪來的閻王。經理模樣的人忙上前賠笑：「馬總，對不起，對不起，要不由您來點一首？」

「老子正要找你。你們這人頭馬真是七三？」

「要是您老人家不滿意，今天這張單歸我，歸我。」

「怎麼有中藥味？拿黃酒兌的吧？」

「哪能呢？正牌就是這個味！絕對的！必須的！要不您把您的酒拿來，我請個專家給您當面一辨真假。」

「你是說我一直喝假酒？」

「不，不，不是這個意思……」

「小罐子，那都是我媽查字典，拿放大鏡一瓶瓶驗過貨的。」

「您媽……」對方嘿嘿一笑，「洋商標很容易啊。您信不信？義大利的、法蘭西的、荷蘭的、智利的，人家牛棚馬圈裡都堆成了山。您家老太……」經理說到這裡，覺得不合適，但已經來不及，見馬總拉下臉，忙賠笑遞菸，又是用袖口抹座，又是差人上果盤，好一陣還沒讓對方神色回暖。

馬總叭的一下打掉他送上的點歌簿，對台上手一指：「給老子唱那個，有名的，來勁的，〈打靶歸來〉！」

經理立刻向台上傳達：「聽到沒有？打爸歸來！」

「你咋不說打娘歸來？」馬總大眼一瞪。

「您曉得，我是沒文化，小學畢業，嘿嘿……」

「打、靶、歸、來！」

「清楚了，清楚了。」經理再次向台上傳達，「是打靶歸來！聽到沒有？老爸老娘都不能打！」

客人們的一陣哄笑中，台上歌手奉命換歌，相互對了一下眼神，電吉他和電二胡再次發作，倒也顯得駕輕就熟。

日落西山有小妹，

戰士打靶膽兒肥。
櫻桃小嘴映彩霞，
哥哥的吼吼滿天飛。
……
「我靠——」馬總再一次發飆，喊斷金屬人的進行曲，「你們是打屁歸來，還是打牌歸來？怎麼聽得像鬼子打炮歸來？你們是日本來的？是慰安所的？什麼時候偷渡越境了？身分證都拿出來看看！」
金屬男女茫然無措，再次向經理投去求助目光。
經理再次前來解圍：「馬總，這一首您老人家也不滿意？這些可都是紅色經典耶。本店是愛國主義教育單位，有牌子的。」
「你小子再說一遍。」
「嘿嘿，嘿嘿，大家都這樣嗨的麼。」
「好，很好，這個店你看來是不想開了。」
「不好意思，這都是按合同走。我們本小利薄，您老人家要是今天不大爽，改日我為您專門拉個場子……」

「小罐子，老子今天帶來貴客，你不給面子了。酒也糊弄我，歌也糊弄我，老子這輩子就會唱一首，你小子也不好好唱……」

他說完手一招，讓守在門邊的司機跑步送來手機，拽過來就開始撥號。他要幹什麼？是要找黑社會來鬧場，還是要讓警察前來查毒，還是要調來轟隆隆的挖掘機和推土機，替政府義務拆除什麼違建物，攪一個塵土飛揚天翻地覆？……小罐子嚇得臉色大變，立刻回頭揮舞雙手，對手下人大聲命令，退單，退單，統統退單，今天晚上歇了！

趙小娟來到酒吧時，場面上正是亂哄哄的這一齣。客人已散去，如地震危險區的居民正一撥又一撥被勸離。幾個保安忙不迭幫忙下窗簾和收酒具。不知何時，馬大個一腳踢翻椅子，又一腳把椅子再踢翻一次，把椅子當成足球，直到把椅子踢得散架趴下。他頭戴一頂不知在哪裡撿來的草帽，手握半瓶酒，走得趺趺撞撞，像一個街頭酒鬼，巡視一大片空空的座位。他沒認出新來的老同學，咧一咧嘴，要理不理，看來已是半醉。

正事完全沒法往下談了。

陸哥很著急，拉住鮑律師反覆解釋，回頭又對趙小娟嘀咕：「看看，看看，資本主義就這德行，有了幾個臭錢，基本上不做人事。」

小娟也生氣：「你害得我路上換了三趟車，就是讓我來看酒瘋子？」

毛小武這時也是滿頭大汗剛進門。

第六章

都是米米

大三那年也是多事。校園裡一幢剛剛建成交付業主的大樓，出現了牆裂和漏水，成了亮麗的危樓。據說承建公司老總是省裡某位大人物的公子，又據說記者採寫的深度報導最終被省報扣壓不發……這一下就炸了鍋。要揭黑，要反腐，要莘莘學子的生命安全，校園裡各路槓頭的腎上腺素再次燃燒。

照肖鵬小說裡的說法，當時重要的現場就是報社大門口。附近牆上糊滿了標語和大字報。報社招牌被潑了墨。緊閉的大柵門這一邊，數百男女學生封堵了行道，坐的坐，躺的躺，在街燈下相互忍受汗臭和塵垢，表現出戰鬥到最後一息的悲壯。柵門那邊則桌子堵成一線，桌上有醫藥箱、熱水瓶什麼的。幾個面熟的校系領導，還有些幹部模樣的，大概來自教育廳和省報社，在那裡一蹲好半天，對同學們隔柵相勸，態度和藹卻又面容疲憊。

再看遠一點，隔離線外有警察在維持秩序，有三四輛警車形成路障。更多的是一些市民，熬到這下半夜也沒散去，站在路兩旁，或坐在牆頭樹上，聽到什麼就鼓鼓掌，甚至不時喊口號。

有一光頭漢子擠過來，給大學生拋撒香菸，居然被拒絕。「什麼人啊，素質也太低了吧？」一個眼鏡男上去把地上的菸都憤憤地踩了。

「崽啊崽，這不是給你們面子嗎？」拋菸人沒用上打火機，也生氣了。

馬湘南不會放過這個激情機會，曾帶人往這裡送過橘子汁。他既然拉起了一個「全國大學生大改革大開放基金會」，簡稱「大基會」，糊了幾個捐款的紙箱，撈了不少捐款，就不能完全沒表現，多少得露個臉，亮個相，拉個風，給自己的團隊拍幾張照片。有些學生宣布絕食，但橘子汁還是可以喝的。因此，一位陌生的小黑影撲向馬哥時，完全是一團餿餿的橘子味噴來，噴了他滿臉滿懷，幾乎結成一層黏糊糊的面膜。

總算看清了，是一位少年，正忍不住哇哇大哭：「大哥，你說我們真錯了嗎？你說我們錯在哪裡？我們真是違法亂紀大逆不道的壞人嗎？」

馬哥一愣，覺得這簡直是個未成年的寶寶。

寶寶摘下眼鏡擦淚，仍在他寬大懷抱裡尋找安全，把他當成大救星和關鍵證人：「大哥，他們叫我們來，我們就來了。他們叫我們鬥爭，我們就鬥爭了。他們叫我們堅持，我們就堅持了。但他們到頭來為什麼出賣我們，做那些親者痛仇者快的事？」

馬哥摸不著頭腦，讓他慢慢說。

對方一跺腳，倒說得更加宏偉和遠大：「大哥，這個國家還有希望嗎？革命，怎麼就這麼難啊……」

這就革命了麼？就算是革命了麼？馬湘南沒想過，也沒打算去想。對方是不是焦慮他們領導層的分裂，鬧出了內部恩怨，不大清楚。是不是像有些人傳的，分裂不過是始於頭頭們在一封文件上署名排序的前後之爭，也不大清楚。但無論如何，面對寶寶的眼淚，馬哥還是有片刻的動情，想做點什麼，比方為對方出頭吼上幾句。畢竟人家一嘴濃濃的餿味不容易——馬哥帶人送來的麵包，本以為他們會偷偷吃，沒料到他們恥於作弊，硬要玩真的。

就憑這一條，他顧不上對方的口臭、汗臭、塵土，把對方的小肩膀拍了又拍，同仇敵愾的豪情油然而生，說放心吧，小兄弟，鬥爭絕不會失敗。黑暗即將過去，曙光就在前面。人生自古誰無死，留取丹心照汗青。從來沒有什麼救世主，人類歷史的潮流浩浩蕩蕩……他一連串猛詞往外捅，都差不多是格言級的。他還把能想到的好事都想到了：「你等著，不要急，咣噹，只要最高層一表態，那些豬頭就得乖乖地認。該曝光的曝光。該下台的下台。該慰問的慰問。呼啦呼啦，到時候同學們敲鑼打鼓，記者的照相機一閃一閃，你這叫花子樣多不合適啊。聽大哥的，快把鼻涕擦了，牙口去刷一刷，別讓大哥我惡心……」

他事後不知自己說了些什麼。

此時天漸漸亮了，天際線出現一抹魚肚白，讓一個個模糊人影逐漸清晰。眼鏡寶寶這時才瞪大眼，發現馬湘南面熟：「哎，你不是組織部的馬叔叔嗎？」

什麼意思？

「你忘了？上個星期天，你找我爸推銷黨章。就是你吧？」

大河馬愣了一下。他確實推銷過黨章，確實含含糊糊地代表過什麼部，敲開一張張門，誇耀他那些私印的新黨章，比正版少一個錯字，每本便宜九分錢。

「眼鏡鬼，你小子認錯人了。」他想躲閃。

「沒錯，沒錯。當時我爸同意給單位訂購兩百本，你還誇我爸覺悟高，說以後要大力表彰什麼的。」

「鬼扯，去去去！」

馬哥臉上一塊紅一塊白，轉身想走，但寶寶的一些夥伴顯然已注意到他，好奇地圍了上來，紛紛透出眼中的疑惑，堵住了他的去路。

你原來不是大學生？

你是組織部門派來的？

太好了，你是代表上級機關來支持學生的吧？

不對，你莫不是來埋釘子，收集我們的黑材料？這裡有誰能證明你不是？

……

馬湘南最大的本事就是臉皮厚，腦子快，大難臨頭扛得住。「哎哎，我到底是誰，這並不重要。我支不支持，也不重要。你們也不是孩子了。不該問的不要問，不該知道的不要知道。知道麼？」他乾咳兩聲，眼珠輪了一圈，吸下幾口橘子汁，總算贏得了應急的時間，然後拿腔拿調，說同學們好，同學們辛苦了，說上級領導是關心你們的，說這天可能要下雨，說最近又上映了一部日本影片……總之東一榔頭西一棒子，最終也沒說黨章的事。

待娃娃們還在努力理解他的意思，他早已發動了摩托。在這一刻，他眼睛特靈，看見了旁人看不見的遠處招手；耳朵也特靈，聽見了旁人聽不見的遠處吆喝。「在這兒呢！」「我就來！」……總之他眼下實在忙，身不由己，只能先走一步了。

他後來其實也後悔。跑什麼跑？轟什麼油門？他賣黨章又怎麼啦？他大河馬既愛黨章也愛捐款箱難道很矛盾?他一會兒想愛一會兒不想愛那又怎麼啦?在他看來，屁話少說，三擔牛屎六箢箕，這一派那一夥其實沒多少差別，都是奔米米而來——至少多數人是這樣。誰要同米米過不去，那才是傻子。不是麼，他賣黨章是吃「紅」米飯，賺的是公款和集團購買力;倒騰襪子、內衣、電子錶什麼的，是吃「黃」米飯，挖的是民間散戶金礦。天下的米米都一個樣。當然，他後來發現世上還是「白」米飯最好吃，一不要產品，二不必幹活，糊幾個募捐紙箱，立幾塊流動展板，就可以從民眾那裡「白」拿。上次某個外商的罰跪辱華事件，還有這次的揭蓋子揪貪官，都是「白」大爺他老人家來了，門板也擋不住。

他的募捐已小有收穫。別看那些圍觀展板的是什麼導演、教授、醫生、工程師，他們腦子一熱，其實同修鞋的賣菜的也差不多，也沒多少心眼。搞定他們的關鍵，只是展板上的圖片和文字要熱血，要勁爆，而且募捐者們不能笑，不能亂說，得堅強，得悲壯，得慘兮兮，挨過打或受過刑一樣，得像肖鵬場外指導的那樣，有點戴鐐長街行的烈士姿態，有點風蕭蕭兮易水寒的壯士風采——這形象這氣質比講道理要管用百倍。

也就在兩天前，那幾塊展板就感動過一個黑大個，據說是某國營大型煤礦的老總，代表全礦工人來給「大基會」捐款十五萬。

十、五、萬？沒聽錯麼？他沒見過這種瘋子，當下差弟兄們立刻轟走。待對方出示工作證，出示自己的大學文憑，還有一些自己準備以文交友的見報文章，他還覺得那肯定是圈套，保不準就是路邊三個茶杯輪流翻的那種，於是繼續繃緊神經，隨時準備打電話報警。

直到見了面，聽完對方的話，他才覺得事情難辨真假。對方是這樣說的，改革就是要敢闖地雷陣，敢當弄潮兒，身逢一個偉大的新時代，真正實現人民當家做主，比他們在山上多掏兩個洞實在要緊得多。這些話不像是瘋話。對方又說善款不是國家的錢，都是計畫外收入，不過是食堂結餘和賣廢品所得，因此更能體現工人階級胸懷天下的一片熱忱。這些話也不像是隨口戲言。

看來這個烤紅薯般的黑大個，真是被展板感動了，對展板上武大、中大、北大、廈大之類的聯名呼籲也信以為真。那年頭的人啊見什麼就信什麼，差不多都有點輕度的心智兒童化，連馬哥其實也沒打算學得太壞，不敢大賭的。何況他的草台班子連個銀行賬號也沒有，怎麼受得了這一補？

結果，君子只能割愛，婉拒一筆橫財。馬哥還倒貼了一頓飯。兩人架起酒瓶對吹，片刻之後，馬哥不省人事，滑到桌下去了，由兄弟們抬回家。

「小同志，別走啊……」黑大個還未盡興。

「不走，不走，老子撒泡尿就來……」

結果，送馬哥上廁所的同學也醉了，兩人不知為何回錯了門，不見來客人影，以為是席終人已散，只好回家。這天夜裡，他最後連車帶人倒在泥溝裡，一直呼呼睡到天亮才被路人叫醒。

沒料到，多年後，馬湘南初嘗列車軟臥票的市場化，走進往日這一高幹專用車廂，試著咳嗽、吐痰、放屁、捶桌子、蹺二郎腿，充分享受有錢人的揚眉吐氣。他突然發現隔壁包廂裡一位看報人眼熟，忍不住上前問，這位大哥，你是不是姓郭？……

「你認識我？」

「你不認識我了？」

「我們見過嗎？」

「見過的。你想想，那一年，一九八一……」

「啊，對對對，你是馬……馬同學吧？」

「對，我馬湘南啊，大河馬啊。」

兩人好一陣握手，搖頭，啊呀呀，嘖嘖嘖。說起當年的事，不勝唏噓。但黑大個一直未提到那次捐款，即使被馬哥提到也聽而不聞。這裡的意思，馬湘南後來好像明白了。

直到這時，馬哥才知道對方不再是國企老總，兩年前已出任副省長，這次正要去某個國際交易會致辭。

「那時都是初生牛犢不怕虎，有點像一個時代的早晨。」副省長喝下馬哥拿來的啤酒，神情稍顯活躍了，摘下眼鏡眺望窗外的山河，「那時的人們不無幼稚，也不乏熱情天真。是不是？現在呢，找一個比喻的話，可能就是新時代的正午了。」

「這話怎講？」

「也許，人們多了些成熟，也可能多了些世故。」

「我就喜歡你這樣的首長，沒官話套話，開口就見水平。」

「你是中文系的。你該知道，好像是英國作家狄更斯說的吧？這是最好的時代，這是最壞的時代；這是智慧的時代，這是愚蠢的時代；這是信仰的時期，這是懷疑的時期；這是光明的季節，這是黑暗的季節；這是希望之春，這是失望之冬；人們正在直登天堂，人們正在直下地獄。」

馬哥大驚，說你還是個學霸！

「我肯定漏了一兩句。當年連原文都可倒背如流，如今吶，這腦子，嗨。」

「你還能背英文？」

馬哥這才發現對方手邊是洋字碼報紙，頓時嚇得心虛氣短：「首長，同你相比，我那張文憑就是廢紙，只能擦屁股。」

對方笑了笑，說亡羊補牢，還來得及，都來得及的。

「郭省長，」馬哥覺得應該稱職務了，更應把對方的職務往高裡喊，「我一定照你的意思辦。剛才你說什麼來著？振興中華，匹夫有責。為國分憂，從我做起。對，就這個意思。從今往後，我大河馬就是你的兵，你指哪，我打哪，你說東，我絕不往西。不管你是分管財政、外貿，還是主抓國土、城建……哎，我猜你少不了要管外貿，沒猜錯吧？」

這裡其實已暗伏玄機，首長不會不懂。「百廢待興啊，各行各業都重要。一個人真要建功立業，最好是一專多能，觸類旁通，在多個領域都有過摔打磨練。是不是？」他沒正面回答。

「我是想，兄弟我肯定要大力支持你的工作啊，而且要具體支持到位……」

「你把你的公司做大、做好，那就是對政府最大的支持了。」

一個秘書模樣的人進來了，給首長送來幾份批閱件，續了一下茶水，順便看了馬湘南一眼，好像他的花襯衫和尖皮鞋不該出現在這裡。

馬哥知道，副省長已不是當年的黑大個了，已有下屬來續茶水和送文件了，也學會了「王顧左右」答非所問了。自己是否該把「你」改成「您」，是否該在這個包廂蹺二郎腿，確實也得掂量了。他只得快快告退。

不過，有了這一次旅途重逢，馬哥寬大的辦公室裡，就有了一幅與副省長親密合影的大照片，嵌在鍍金雕花的大相框裡，讓來客們吃驚，爭相打聽有關故事。他肩上架一隻小金絲猴，手持高腳酒杯，當然不會說什麼，只是瞇瞇一笑，讓人們儘管去猜想。正如辦公室裡，他還有一些與將軍、部長、大使、著名藝人、業界大佬的合影照，照片後面的故事同樣不宜輕易告人。

出於同一種考慮，馬總後來還有過一些神神秘秘的電話，比如在宴會包廂裡推杯換盞之際，他可能看看錶，突然起身告退：「對不起，我在前台約了一個美國電話，是郭省長的。」他向身旁左右點頭抱歉：「你們慢慢吃，我等一下就回。」

在尚無手機的年代，他這一招屢試不爽。哪怕只是去廁所丟一泡尿，去花園裡抽一兩支菸，或是在大堂找一本花花雜誌翻了翻廣告，但只要攢夠了時間，他回頭就能讓桌上的客戶或朋友驚羨不已。

「打了這麼長的時間，說什麼黨國大事啊？」有人問。

「我們討論如何解決台灣問題。」他壞笑了一下，賣一個關子，「嗨，其實能有什麼事呢，他說《沙家浜》裡一段唱詞他忘了，讓我幫他記一記。一個越洋電話傳播樣板戲，差不多燒掉老子三百美金。」

他又顯示出某種莫可奈何的神色。

「那你教會了人家沒有？」

「我這驢嗓子還唱戲？我只好臨時叫了個三方通話，讓袁司令上。」他是指一位老將軍，「人家那才是超級票友。」

人們更會驚訝不已。

當然，與那些人物的合影並非造假，郭副省長後來也真給他來過電話。對方開口就是交辦急事，問他的工廠裡或工地上，能不能緊急安排兩百個農民工就業，就兩百，不算多，以便處理一個群體事件。這是若干年後的一天。

當時馬總兩肋插刀，想都沒想，很快把事情安排下去，還連夜去當面彙報。他發現對方住在招待所，頭上貼有白紗布，掛一網狀外科頭罩，狼吞虎嚥一碗蛋炒飯。

他後來才知道，對方是在什麼群體事件中被水瓶擊中，怕老婆和老娘瞎擔心，才暫時躲進了招待所。

馬湘南大驚：「你好歹是一方大員，堂堂巡撫，怎麼搞得像個地下工作者？

警察都到哪裡去了，搓雞巴去了？」

「你以為是你們當年娃娃鬧事，三分鐘熱度，打一打口水仗了事？」對方笑了，「工人最怕失業，農民最怕失地。你斷人家的活路，兔子也要咬人。」

「當然。」

副省長感謝馬總出手相助，但也沒時間多談，放下飯碗還得去開會。臨走時只是拜託了一句，這批工人，收得了，還要留得下，千萬要穩定。

「那難說。」馬湘南搖頭，「他們嫌工資低的，嫌功夫重的，嫌碗裡肉少菜多的，嫌宿舍沒電扇的⋯⋯腳可是長在他們腿上。」

「你們的家底我知道。你能穩定八成，就算我欠你一個人情。」

「話既然這樣講⋯⋯」馬總打一響指，「好吧，一團狗屎我也替你吃了。」

「什麼狗屎？你就當他們是我郭懿良的三親四戚。人家大多是一份工錢要養活幾口人的。」

「明白，明白。」

那一刻，馬總本來想乘機訴訴苦，請對方來公司現場關心一下，又想邀對方一起坐飛機去地中海轉轉，再贈一塊什麼風雅兮兮的老坑端硯⋯⋯但都沒來得及說。想知道對方是否喜歡京劇，也沒來得及問。他只記得對方吃完飯，用手抹一把嘴巴了事，熱毛巾也沒用上。他還記得招待所裡有人把一些貨箱搬來搬去，不知是什麼意思。還有些人急匆匆來去，相互咬耳朵嘀嘀咕咕，不知是何情況。

附網友留言一則。

人間極品鬧藥@肖鵬：客下筆下的「馬勝堂」，其原型人物就是你的同學馬湘南吧？簡直太像了。不好意思，在下正好跟馬湘南幹過，略知內情一二。他確實是包裝套路不少，比如當著客人的面，司機經常會給他送來一個報告，然後他很不耐煩地把報告甩回去，大聲訓斥：「這些小事也來煩我？去去去，我不是早就說過嗎？十萬以下的，你自己定。其他的事情去找黃矮子。不是一億以上的項目，不要來問我。」他這種把地球掛在褲腰帶上的霸氣，說實話，就是我當年跟定了他的理由，也是我在他那裡很快逃之夭夭的理由。

如果你願意更多瞭解你這位老同學，可私信與我。

第七章
前衛派

西子湖畔鶯飛草長，春暖花開，肖鵬在杭州參加教材編寫協調會，與徐欣不期而遇。在高校當差就是有這點方便，老同學能利用會議隔三岔五見一下。眼下徐欣的短辮換成了長披，黑色長裙，木石手鍊，兩個大耳環，儼然已是溫婉貴婦，而且自帶餐具和牙線，不再像大學時代那個靠幾個麵包就可混上一天的丫頭。

「老情人，不理我了？打擊我的人生信仰啊？」肖哥在賓館門前追上了她。

「別臭不要臉。」

刀子嘴的脾氣看來根本沒改。

「這麼多年了，一個電話也沒有，心腸也太硬了。你害得好多男同學都得了抑鬱症。」

「你們要是不抑鬱，我就會吐血。」

「誰得罪你了？」

「誰做了，誰明白。」

「此話怎講？」

「天氣這麼好，本宮心情不錯，今天要去游泳，不想同你廢話。」

對方說完一揚手，去了游泳館，據說晚上又約女伴去逛了清河坊，讓肖哥根本沒有套近乎的機會。

肖哥打出幾個電話，先找老同學問，再找徐欣的閨蜜問——他曾與對方有過一面之交。問來的結果竟是，徐欣其實不姓徐，其實叫林欣，一直就是這個名。該死的肖鵬連人家姓名都記錯，不被人家唾面就算走運吧。

肯定是開口時被「徐娘」二字晃了心，短了路。

更深的過節是，多年前全組同學有過一次最後的聚會，八男二女在趙小娟家又燉又炒，又吃又喝，又唱又笑又罵，鬧到最歡時曾一致約定，十年後在這同一日子，即一九九二年六月十二日，大家再來此相聚，拉鉤立誓，不見不散。不承想林欣是出名的一根筋，死死記住了這日子，儘管十年後她遠在西北，還是打點行裝準時赴約，事前也未與誰聯繫，想給大家一個大大的驚喜。但十年對於他們來說也許太長，太紛亂，世界早已面目全非。十年後的趙家竟不見蹤影，變成一個銀行營業部。更想不到的是，小娟忘了這事，五個本市的，兩個鄰近市縣的，這一天也全不見人影。

林欣以為他們上午不來，下午會來的；下午不來，傍晚總會來露個臉……既然沒有改約，她就不能離開這裡。

她沒法想像同學們統統忘了這事，更沒法想像另一種可能：他們另約了聚會之地，只是忘了她，沒通知她。

她撐一把雨傘在銀行營業部前，等到大雨停歇，等到夜幕降臨，等到保安員再次來盤問，差一點把她當作神經病，或打劫前踩點的。不難想像，那一天深夜，她氣得誰也不願見了，在街上溜達一陣，徑直擠上汗臭烘烘的列車，最後沒忍住，在兩廂連接處的過道裡，在咣噹咣噹的輪軌撞擊聲中，大哭了一場。

「對不起，真是對不起。」肖哥聽得一陣心慌，「我們都太他媽狼心狗肺了。怎麼就把那事給忘了？」

「我真不該給你說這些。」對方在電話裡後悔。

「罰款，一人罰兩千，給你林姊賠罪。」

「留我一條命吧，你千萬別說是我說的。」

「放心，我就說是她自己托夢給我的。」

第二天，肖鵬敲開林欣的房門，剛想提起托夢一事，卻被對方先一步嗆翻。「你不是叫王月月鳥嗎？該不是叫母月月鳥吧？對不起。你也是中文系的？稀奇，瞧我這有眼無珠的。」對方把肖哥的會議發言材料劈面摔了過來，「臉皮城牆厚啊？你把人家王摩詰的詩當作自己的，還敢寫進發言稿。連我的面子也丟盡了好不好？你這是欺世盜名，光屁股上街，太低級了。聽說還當上了系主任，花錢買的吧？」

肖鵬吃了一驚，慢慢才明白究竟，頓覺五雷轟頂，滿臉炸熱。他發言稿中確有一句「遠看山有色，近聽水無聲」，一直以為是自己夢中所得，甚至洋洋得意到處自誇，直到眼下聽對方這麼說，恨不能一頭撞死。

他不記得自己是如何逃出房門的。天啊天，這一次他栽慘了，出醜大了，被那個刀子嘴見血見骨斬立決，以後還能在圈子裡混？

從杭州回來，肖鵬告病數日，其實是被自己的腦袋嚇壞了。喊錯了人，記錯了詩，居然是常見的詩，還有拉鉤立誓的約會……他這類跟頭肯定栽得不少，掩耳盜鈴的洋相說不定一大把，早已成天下笑柄，只是他人顧及情面，沒點破而已。他腦子怎麼啦？莫非已成了一窩爛瓜瓤，一罐臭大糞？他是不是很快就要出門忘了關火，取款忘了抽卡，一個大活人找不到回家路，就像他那位涎涕橫流的姨外婆那樣？

為了進一步檢查自己，他又打電話給兩位老同學，比對一下大家還能記得多少同窗姓名，結果同樣令人震驚。約三分之一全忘，約三分之一記錯，也就是說，也就一二十年時間，自己的記憶力已大大低於同齡人。

這肯定就是真正的腦殘。

當然也是生命消亡的開始。

不甘心啊不甘心。他是肖鵬，曾經有口皆碑的記憶天才和辯論高手。他原以為志在必得的未來在哪裡？用之不盡的時光在哪裡？天生我材必有用的哄哄牛氣居然就此突然清盤出局？莫非天下好事難兩全，如書上所寫，文王拘而演《周易》，仲尼厄而作《春秋》，屈原放逐乃賦《離騷》，左丘失明厥有《國語》，孫子臏腳《兵法》修列……看來他還背得出這幾句，看來古人不余欺也。他肖鵬這輩子活得太爽，活得太浪，卻沒想到因此只能是酒囊飯袋一個，只能在酒桌和牌桌上武功全廢，結束得像一團臭狗屎——是這樣嗎？會這樣嗎？

他在家裡的書桌前呆坐了兩天，終於在最後一個黃昏做出前所未有的重大決定。一、從這天開始，開始晨練，太極拳，五禽戲，外加慢跑與俯臥撐，多少去掉一點身上的肥膘。二、辭去S學院中文系主任一職，說那不過是前書記和前主任內鬥，致兩敗俱傷，自己撿了個不該有的便宜。三、為了進一步減少應酬，他在電話機裡錄上一句自動應答：「邀牌邀酒的都聽著：老子問候你八輩子祖宗！」——以此轟走各路狐朋狗友。四、考慮到家裡太舒服，太容易犯睏和打鼾，太容易鬼扯手似的開電視和取零食了，他在小區內另租一小套間，作為自己的工作室，在那裡不設沙發、睡墊、電視、電話、酒櫃等一切墮落之物，幾乎空空蕩蕩。他得像農民上地，像工人上工，到時候去那個單人工地投入戰鬥，做此生最後的掙扎。他老婆除了到點送飯，得按約定把木門和鐵柵門反鎖，就把他當作勞改犯，當作拉磨的蒙眼牲口，不給他買酒、逛街以及友人串訪的任何機會……總之，趁他還不太老，他得重新開始，得找回自己的天才，至少也不能過早地成為爛瓜瓤和臭大糞。

小說若干，就是他在這一段自我救亡期的副產品。

不過，小說上網連載剛開始，與出版商討論紙質書的事更是為時尚早，沒想到陸一塵就來找麻煩，據說馬湘南、趙小娟也惱火。這些老同學啊，一點幽默感也沒有，太把自己當回事了，幾句玩笑都受不了。

你們就準備一直躲在人生面具的後面？

網站編輯那頭也不省心。別看他們「肖老師」前「肖老師」後的，其實對老傢伙並不信任，尤其不贊同把小說角色與人物原型串通來寫。這種寫法，時而像前台演出，時而像後台揭秘（包括不相干的揭秘）；時而像小說成品，時而像零亂素材（包括不相干的素材）——讀者不會看得頭大？

回答這一點倒不算太難。肖鵬好歹是個副教授，便舉傳統曲藝為例，相聲、梆子、評彈、表演唱……你們都看過吧？不也是「出戲」和「入戲」互相穿插？不也是「說戲人」與「戲中人」靈活變身？觀眾不是也沒看得怎麼頭大？還有德國劇作家布萊希特、義大利劇作家皮蘭德婁，在舞台上也有類似嘗試，你們看多了就會習慣的。

編輯又說，看網友們的留言，發現很多人壓根就不關心社會，或者說你既然要直面社會，那何不鬧得再狠一點或者再歡一點，能不能整點大故事、大內情、大場面？肖鵬的回答是，他不是不想往大裡寫，但腦子裡只有些雞零狗碎，拿什麼大？再說了，這世上大故事不少，也不是都有意思。比如晚清「公車上書」，十幾省千多名舉人聯名上書求變法，夠大吧？夠猛吧？不承想，十年後真廢了科舉，大多數舉人又哭天搶地或長吁短嘆，埋怨朝廷不重人才，讓他們報國無門。連梁啟超那等新派領袖也主張恢復科舉。那麼回過頭看去，是幾朵浪花重要，還是寂靜的深海更重要？是勁爆的事重要，還是不勁爆、不那麼勁爆的事重要？

編輯很驚訝：「梁任公還有這事？莫非我的歷史課是體育老師教的？」

「你翻翻書麼。」

「不管怎麼說，好玩是王道，網民眼下只關心娛樂。」

「你們的玄幻、宮鬥、魔怪已經夠多了吧。依我看，你們也得給我留一口飯。你們當編輯的，管住前面寫死了的不要再活過來，就夠你們忙活了。」

對方笑了，說肖老師，你還很瞭解情況麼。

肖老師說，沒吃過豬肉，總見過豬跑。

編輯聳聳肩，走了，不過沒多久又在走廊裡追上他，說還有個事忘了，那個馬什麼的進口石油的一塊只能刪掉，這事讓一個大客戶不高興，網站得罪不起。

肖哥差點喊起來：「你們保證過的，不搞有償刪帖。」

「我本來也想變通，但對方連沉底也不同意。」

對方解釋了一下「沉底」，就是不上首頁，排序押後，讓網友們難找到也頂不起來。這種後台操作差不多是以藏代刪，讓雙方都過得去。

「無恥，太無恥！老子不寫了。」

「別啊，肖老師，別生氣，沒辦法啊。我們給你發稿費，我們的錢從哪裡來？你以為伸手抓一把空氣變出來？」

肖鵬現在才明白，寫小說沒那麼多自由，一不小心就落入潛規則的泥潭。他更沒想到，寫作也是一種敲骨吸髓的苦刑，越寫越難，越寫越要命。他很快就寫出了失眠和失眠，寫出了咳嗽和血壓高，還有自己在鏡中的謝頂。他越來越惹人煩。有時他不得不深夜打電話找人討教，看「年輕」和「年青」、「靚麗」和「亮麗」、「思量」和「心想」……哪個詞在他的上下文中更貼切。他咬文嚼字吹毛求疵似有點過分，翻來覆去沒個完，直到打得手機發熱和沒電，差一點讓對方以為他精神失常。

其實他腦子清醒，更沒吃搖頭丸，只是一時委絕不下，是真在細心推敲和虛心請教，一心一意同自己的大腦早衰做頑強鬥爭。

正是在這些電話裡，在不少故舊的提點下，他總算漸漸找回了自己的記憶。沒錯，當年他肖哥確實不像「鵬」，頂多是隻月月鳥。他還不得不承認，他是上過大學的，不過那幾年他印象最深的事物，最美好的事物，幾乎與家國情懷無關，只是一間說來可笑的小粉鋪。對，是粉鋪，就在那裡，河對岸的小西門三橫巷，雖門面東歪西倒，味道卻鮮美蓋世——至少在他看來是這樣。他有時不惜曠課，不惜騎車來回累個半死，也要去那裡一飽口福，辣得全身熱血沸騰，以至矮子老闆已成他的老熟人，雙方的默契程度超高。根本不用他開口，矮子一見他的身影就向灶台那邊吆喝，交代手下人做碗：雙油、雙碼、重挑、寬湯、荷包蛋——

同樣令他驚訝的是，他當年的另一大樂事，是去老宮家看球。事情好像是這樣，宮師傅是校水電班的，因為有個香港親戚，受贈一台九英寸黑白電視機，在當時算得上稀罕之物，於是也被他和毛小武盯上。他們不惜上門送水果，上門給孩子義務當家教，用各種手段討好宮家大嫂，圖的只是週末能去那間平房，衝著那個比巴掌大不了太多的屏幕，盯住那個又滾雪花又扯紗布的群魔圖，一個勁跺腳、拍大腿、揪頭髮、咬牙切齒。一旦群魔圖又花了，他們就左拍一下，右拍一下，幾乎用拳打腳踢來挽救電視畫面。

宮家的一條黑狗，叫「包子」的，總是被驚嚇得衝他們大吠。

毛哥知道肖鵬怕狗：「包子，別叫了！這傢伙可不是吃素的。你惹了他，他肏你祖宗！」

這種警告夠狠，嚇得黑狗夾上尾巴走了，但怎麼聽都彆扭，差一點把肖鵬的鼻子氣歪。「你胡說什麼？」

毛哥愣了一下，說不好意思，我說順嘴了。

毛哥崇拜歐洲武士的重陣強攻。肖哥喜歡拉美壞小子的足尖魔術。兩人還是又吵又賭，勢不兩立，嗓門越來越大，最後鬧得宮家三口沒法睡，只好牽上狗狗去親戚家。於是他們竊占民宅，更不把自己當外人。一場球賽看下來，一不小心就把罈子裡的辣腐乳吃光了，直到出門前才嚇一跳。

肖哥賭球輸了十張餐票，遷怒於兔唇哥的運氣：「你小子長得不周正，抱上人家的娃都像人販子，嘴裡還不乾淨。」

對方驚訝：「我什麼時候不乾淨？」

「宮嫂昨天還埋怨，說你什麼都好，只是一張嘴臭。我們好歹也是中文系的，飽讀詩書的。你要是把宮嫂嚇怕了，我們電視也看不成。」

「你你你莫聽宮大嫂扯卵淡。是她小崽子自己學不進褡，學流腔倒賊雞巴快，這他媽的能怪老子嘴臭麼……」

肖哥又好氣又好笑。

對方眨眨眼，未發現笑料在哪裡。

看來毛哥不能急，一急就對語言無感，不是說話帶髒字，簡直是髒字裡夾正文——肖鵬後來在小說裡寫到這種情況，只能自動篩一下了事。

沒什麼球賽好看的時候，肖鵬就翻野書，打撲克，逮誰都能胡吹海侃一通。凱撒的手下敗將姓甚名誰，幾代機關槍的改進細節如何，還有非洲織布鳥和縫葉鶯的神奇功能……這些牛角尖他都鑽過，各種黑知識應有盡有且過目不忘。最對口味的當然是現代派，是大亂天下的學術魔頭，一時流行的尼采和柏格森。聽說過嗎？尼采的酒神精神太好了，簡直就是搗亂精神。柏格森的直覺主義也太對了，簡直就是不讀書主義，是天才的渾不吝，是最最前衛的「怎麼都行」。都什麼時候了，還上課，還考試，還門門爭優，那些書呆子們也不臉紅？沒說的，就算肖鵬每題都能答，到時候也得把筆頭一甩，丟下個幾十分不要，留下點叛逆者的氣節，留下點前衛人士目空一切的狂飆精神吧？

可恨校方還是老古董，每到晚上十點半就拉閘斷電，說節能很重要，說學生睡眠很重要，只給宿舍各層兩端的公共廁所留燈，其餘窗口一片漆黑。牌友們大戰猶酣，意猶未盡，但不好去路燈下餵蚊子或者喝西北風。

肖鵬忍不了，去買來一把鎖，把三層東頭的廁所鎖上，在門口掛一牌子：「管道已壞停止使用。」那兩天，這傢伙居然愛上了勞動，一改往日能坐就不站和能躺就不坐的全身軟骨症，爆發出沖天熱情，頑強地自力更生艱苦奮鬥，把廁所徹底清掃一淨，包括對糞道和尿池又刮、又擦、又沖水，忙得滿頭大汗，終於打造出一片明亮的新天地。從宮師傅那裡借來噴霧器，打完一道殺蟲劑，微酸的氣味不香也香。

晚上熄燈鈴一響，他和現代派同道們便開鎖入廁，重享一片燦爛光明。不用說，幾輪「爭上游」打下來，輸家在這裡接受處罰，鑽桌子、夾耳朵、頂臉盆、咬筷子，免不了還要以工代罰，用一個小電爐煮麵條或者烤饅頭。

大概是動靜鬧大了，引來外面不知是誰在敲門。「嘿，嘿，開門——」

「管道壞了。」

「那你們幹什麼？」

「開會。」

「肖哥吧？我聽出你的聲音了。你騙誰呢？」

「真是開會。我們是現代派研究中心，正在準備研究報告，準備學術大會發言。你別在這裡搗亂。」

「你們是有機肥料開發株式會社吧，我來送個樣品。」

「滾！」

「怎麼還有麵條的氣味？」

「你狗鼻子啊？」

「是你們屙出來的？」

「屙你外公，屙你大舅二舅三舅！」

……

大概是夜深天寒，門外的人扛不住，恨恨不已地走了。這樣的事情多了後，紙包不住火，這一天他們回到宿舍，發現這個廁所的門鎖被撬了，告示牌不見了，裡面的糞道尿池重新臭烘烘。接下來，系辦公室刊出布告，是校方對他們的處分決定。竊占廁所，違章偷電，玩物喪志，帶壞了小同學……這一條條都品位惡俗，有點說不出口。

肖鵬的一位女友，就是在此時頂不住輿論風潮，提出了要分手。肖鵬覺得很窩火，廁所怎麼啦？在廁所裡煮麵條算什麼，趕不上尼采大師的嫖妓和自殘吧？當年他知青下鄉時住那吊腳樓，上面住人，下面關豬羊，人畜親如一家，全寨子人都那樣，哪有什麼水泥地、玻璃窗、自來水、清潔劑、電燈泡？在那裡，蝨子熟了就不癢，畜糞聞多了也就尋常，弟兄們在肥沃日子裡該拉琴的拉琴，該戀愛的戀愛，該打鼾的打鼾，什麼事都不耽誤。像肖鵬這樣的前衛才子不照樣脫穎而出？

女友說不過他，還是咬咬牙淚奔而去。

就算肖哥後來重塑自己的形象，像三〇一室的那位爺，動不動就夾一份英文《泰晤士報》（據說是），嚼兩句莎士比亞語錄，也未能挽回女方的信任。

他把痛失愛情這筆賬算在樓開富頭上。樓是班長，偏偏也住三〇七，偏偏最看重思想道德和組織紀律，暗中密切關照各位同學的背影——至少肖哥的一條背脊是這樣感覺的。發現床下那個自製電爐的，肯定是他。把這事捅到領導那裡去的，肯定也是他。壁報上一首打油詩，想必也是由他炮製：「屎尿飄香日，廁深奮鬥時。摳底有唐宋，王炸賦新辭……」，落款是「思想清潔工」，真是落井下石的得意小人啊。

樓班長親切地安慰過，說犯錯不要緊，改了就好，改了就是好同志麼……其實，他越這樣和藹，就越讓人心疑。他不承認自己就是「思想清潔工」，但如果真不是，他用得著這麼三番五次送溫暖？何必這樣拍肩和假笑？

好，你不仁就休怪我不義。

沒多久，他樓哥也被擺了一道。這一次是校學生會換屆。不知是誰在牆頭貼出匿名書，歷數樓開富諸多優秀事蹟，聽上去就是活生生的再世雷鋒，是民心所向的人格典範，主席那位子非他莫屬，如此等等。

這種全方位抬舉，據說樓開富得知後，開始還不無高興，繼而卻略感不安，最後只能暗暗叫苦。因為匿名招貼一再出現，越傳越廣，越傳越變味，明顯鬧過了頭，很像是他本人在幕後做手腳，是製造民意以強逼上下各方就範。特別重要的是，關於他已被內定登基的謠言更是到處樹敵，一次次引來其他候選人的白眼。

到這一步，他謙讓就像虛偽，不謙讓就是張狂，怎麼做都不對。他越去別人那裡解釋，就越像真有那麼回事，越像他做賊心虛。連系裡負責學生工作的王老師，也好幾次對他拉長了一張臉。

結果不難預料，那天改選的結果，是三〇七一片沉默，因為他連原有的副職也沒了，無異於被大張旗鼓活活地捧殺，裸奔一輪卻不知被誰扒了褲子。沉默不失為室友們對他裸奔的一種同情。

他晾曬在窗口的球褲，明明有夾子固定，也沒遇大風，卻掉到樓下水溝裡去了。考慮到其他寢室絕無此事，這也太像一種暗算。

噹哩個噹，噹哩個噹。
竹板打得真叫響，
今天單把福音講。
福音好，福音多，
福音離不開耶穌哥。
耶穌哥，是大能，
平安夜生在伯利恆。

想當年，太辛勞，
瑪利亞生娃在馬槽。
那馬槽，真叫好，
它一頭大來一頭小。
……

那幾天肖鵬給一位王牧師寫快板詞，樂得要抽風，有一種憋不住的開心，一種可疑的興高采烈，生生地把《聖經》搞出相聲味。毛小武、曹立凡等也參與了這種惡搞。樓開富從他們中間穿過時，照例為這些室友服務，一一分發剛從晾衣架上收來的球衣、內褲、襪子什麼的，什麼也沒說。他提醒自己，暗算就暗算吧，不論發生過什麼，他還須微笑，還要平和，還得繼續承擔職責，不能計較一時的得失恩怨。疾風知勁草，日久見人心。你們總有一天會知道，誰才是你們真正的大哥。

第八章

咱們幹部子弟

樓開富活得最辛苦。但誰叫他是班長呢？誰叫他經常宣講文件精神，把品德、理想、現代化、革命傳統都說得那樣振振有詞呢？宿舍裡鬧水荒，熱水瓶空了，口乾得冒煙，好多人就看著他，好像由他去食堂裡挑開水理所當然。某個同學病倒，人們也來找他，眼睛眨巴眨巴，好像找擔架、借單車、送醫院、送尿檢、拿片子那些活也非他莫屬。

實際上，那些事他確實做得多，多年來做慣了，做起來比別人利索。他的老大哥形象頗受敬重，一開口的男低音也十分迷人，輕度的嘶啞自帶滄桑感和忠厚感。特別是對於一些女生來說，他籃下蓋火鍋和帶球上籃也嘩嘩嘩吸人眼球。很自然，趙小娟在別人那裡嘻嘻哈哈，一到他面前就文靜得多，拘束得多，不免柔聲軟語，目光黏糊糊地飄來閃去撩來擾去。她常操一支掃把來幫忙，當然是在班長打掃教室之時。她還常在教室或圖書館給他占座，以便到時候向他請教題目，借一下筆記，問一問今天是星期幾，問一問晴天的意思就是不會下雨吧。

問過了的事說不定又再問一次，問得越來越傻。

有時她也會偷偷塞來一紙片，女友之間通常傳來傳去的那種秘作，情意兮兮的舊體詩詞。

河岸殘燈曉月，
寒窗琴斷音歇。
一夜相思天涯遠，
敢問玉宮圓缺。

或是：

桃紅杏白春水溶，
陌路一驚逢。

相顧無言黃昏後，
可憐各自西東。

愁腸萬緒淚朦朧，
伊人誤東風。
今夜拾花憐獨葬，
哪堪暮鼓晨鐘。

「寫得好！」
「寫得好！」
「寫得確實太好了，好得不得了。」
諸如此類。樓開富每次都以雄渾低音發表些屁話，既不具體，也不生動，更沒一絲惆悵在眼中默默地流過。
趙小娟失望得幾乎要逃走。她又給他兩張電影票，說是緊俏的「過路片」，不會公開放映的國外那種，樓哥對此特別高興，收下票立馬抽身而去。對方後來才知道，他不是去買雪糕回贈，不是去向男生們炫耀，更不是去偷偷地洗澡、換衣、梳頭髮，準備美滋滋享受一個仲夏之夜。這豬頭，居然是去借了輛單車，一彈腿直撲教工宿舍，忙不迭去把兩張票轉送給王副書記，主管學生工作的那個老菸鬼。

得知這事後，小娟氣得渾身發抖，捂臉暴哭了一場。

林欣安慰她：「賤，這也值得撒貓尿？」

「你不知道，他就是心裡沒有別人，只有這個主任那個書記。以為我不知道嗎？下課了他去給誰家接孩子？星期天他去給誰家打藕煤？人家平時背唐詩宋詞，他背得最多的是領導講話。到時候引上三句五句，好讓領導開心……呸，我算是看透了，他就是個窩囊廢，馬屁精！」

「那你就更賤了。為賤人哭，你賤上加賤。」

「有這樣安慰人的嗎？」小娟勃然大怒，「我就是喜歡他的聲音，就是喜歡他的鼻子，就是喜歡他的上籃動作……不行嗎？」

林欣愣住了。

「你會不會說話啊？你就不能說他也可能是誤會？可能是缺心眼？」

「你要聽假話？」

「假話不假話，你知道人家多難受！」

「不好，小娟，你死定了。」

「我死不死，不關你的事。」

「你說得對，我今天肯定是搭錯了筋。」

「你就是，你就是！」

小娟罵完了就沒事了，還是繼續為樓班長占座，繼續問有關天氣的問題。不過，要不是她爆料，大家還不知道為什麼副書記一見樓哥就笑容滿面，一開始就指定他當班長。

多年後，有人說樓哥其實早就有話，非廳級以上老革命家庭的不娶，不大顧得上小娟家的普通工人背景。他一直與馬湘南交往多，去三〇九多，想必也是看中了人家的家庭和高端人脈。他好幾次約馬哥談心，噓寒問暖，東拉西扯，「你這個鬼」前「你這個鬼」後的，好親密的樣子。交談重點是勸對方聽父母的話，早一點入黨，早一點評上省優，這對日後畢業分配大有好處哦。他很貼心地規劃，你以後就算是成了洛克菲勒，有個身分還是方便些吧？交往黨政幹部也許用得著？

大河馬差一點搖斷腦袋：「你要我去挑開水、掃地、擦窗戶、沖洗廁所？我不會，我不會。」

「我教你麼。」

「太累了。你做好事。」

「要不，你多反映點情況也行。比如說有沒有人聽敵台，有沒有人看黃書、跳熄燈舞？聽說肖鵬手裡就有一本金……」

「《金瓶梅》，我借給他的，讓他開開眼。」

「啊啊，這樣？那你還是得注意影響。一個黨員得用更嚴格的標準來要求自己。我這樣說，完全是為你好。」

「要不這樣，你把手錶丟在地上，或者讓你弟把手錶丟到街上，我撿了就去交給警察叔叔。感謝信一來，誰不認賬都不行。這個辦法最簡單。」

班長覺得這主意太離譜：「不好吧？那不成了弄虛作假？咱們這些幹部子弟，對組織從來都是忠誠的。」

「我最喜歡做的是搶救落水兒童，可老天爺不給機會，我也沒辦法。」

「平凡中也有偉大麼。你改掉上課遲到的老毛病，多參加一點學習，群眾基礎肯定就會有了。」

樓哥的父親是某縣財政局的副股長，當然也是幹部。幹部子弟不能不幫幹部子弟。馬哥上課打鼾和考試舞弊，在班長那裡多是大事化小。有關馬湘南校園經商的傳言甚多，班長也去領導那裡彙報，說勤工儉學是錘鍊人，說業餘服務是方便群眾，我們還是得看大節，看主流，分清一個指頭和九個指頭的問題。這一番話頗有說服力。

馬哥很領情，決心成全樓哥的終身大事，只可惜自己沒個妹也沒個姊。這一天，他趁家裡無人，把班長先馱到家裡，又用摩托馱來一個大人物的女兒，讓他們相互認認臉，握上手，聽聽流行音樂。他打出一個響指，嘭的一聲關了房門，去樓下靜候佳音。

本想在樹蔭裡睡一覺，再去給摩托換機油，沒料到他剛抽完一支菸，就見那女子氣呼呼地下樓來，衝著他柳眉倒豎兩眼噴火：「什麼大學生？你找來個神經病吧？」

「怎麼啦？」

「開口就做報告，講理論，你煩不煩？……」

馬哥不知發生了什麼，只覺得他們幽會比放個屁還快，太奇怪了。他被女子甩來一個大背影，忙上樓去查問，一腳踢開家門：「姓樓的，談愛就談愛，你這個理論鱉，少來點四言八句會死啊？學校裡還沒講夠，到這裡來噴沫子？」

樓哥委屈萬分：「我哪裡講理論了？初次見面，總得有一個過程吧。」

「你放了什麼屁？」

「沒說什麼啊，只是聊了一下這次省裡團代會的情況，說我有三個『沒想到』，第一是沒想到省裡這麼重視，第二是沒想到兄弟院校的工作各有千秋，第三是沒想到……」

「你是不是還要說三個想到了，三個不想了？」

「這有什麼錯？」

「你吃乾飯的，就不知道撲上去抱，抱住了摁？老子在門外給你站崗，衛生紙也給你備了，你倒是屁話連篇，給老子玩三句半。」

「那不行，人家女同志，而且在文藝部門工作，必須得到尊重。再說我是個黨員，更不能做那號事。」

馬哥氣得一揚手：「得得得，你那屁事老子再也不管了。」

見好友真生氣，班長只好苦著一張臉，嚅嚅地解釋再三：「湘南，對不起，我不像你。你有個好爹，又有個化學腦袋，路子寬得很。我不行啊，我這一輩子只能靠自己打拚，是不能犯任何錯誤的。」

馬哥覺得這倒也是，便沒再罵人了。

第九章 最新情況

因故停課那一陣，樓開富的日子更難挨了。他知道班長的職責所在，每天仍然在忙，早上一睜眼就千頭萬緒，恨不能三頭六臂，一天忙出三十四個小時。他得這裡看一眼，那裡說幾句，手上做一件，心裡想三件，對裡裡外外的工作全面關照。但他仍感力不從心，比如他想盡可能確保早操出場率，但沒多少人響應，好幾次點名都不夠半數，口令也喊不出精氣神。

此時校園裡思想紛爭的烈度上升。最好的情況下，同學們之間半吵半忍，吞吞吐吐，說半句留半句，就算維持了一種詭異而脆弱的平安。一路算下來，且不說別的組，光是樓開富所在的這個組就鬧心。林欣竟然好幾天沒回校。陸同學、馬同學也是各懷鬼胎，忙得神出鬼沒的。連幾位娃娃生也蠢蠢欲動，把他這個班長當作周天子哄，辦事不出力，一臉假笑之下天知道在琢磨什麼。最讓他感到焦急的，是他幾抽屜的學習文件眼下不大靈了，「八禁」早已取消，三個「沒想到」、五個「要注意」一類，能攏得住和摁得下這群野生動物？

學生們想到一齣是一齣。起因不過是一幢樓的事，豆腐渣工程的事，一旦升級就四處冒煙。他們要改善伙食，要自由選課，要本研連讀，要取消戶口，要建綜合藝術館，要改選人民代表，要對話高層參與國事……其實，電影裡已經有愛情了，夠可以了吧？飯店已經有私營的了，你們還要怎樣？難道下一步的改革，還要鬧出時髦的嬉皮士和同性戀？是不是還要學人家的裸跑、裸泳、裸曬？樓開富不大相信對話能化解分歧，只是沒敢說出口。事情很明顯，面對那些楨頭，你就算渾身長滿嘴，也架不住他們東一齣西一齣的起鬨。照他們這樣鬧下去，這校內校外沒上沒下，禮崩樂壞，離天下大亂還能有多遠？

樓哥去找過王副書記。沒想到王老師也沒什麼新消息，拿不出平亂的宏圖大略，倒是有夾槍帶棒的陰陽牢騷。「不是有人說嗎？現在是共產黨不如國民黨……」這一句是指台商、港商在社會上走紅吧？「老革命不如反革命……」這一句是指知識分子比一般工農幹部吃香吧？「這些說法當然是錯誤的，極端錯誤的，但為什麼有些人還相信蠱惑，深層原因嘛，不是值得我們深思？」

樓哥搓搓手，不知該如何接話。

王老師菸癮大，吸得已經乾咳，還把菸屁股吸出嗖嗖氣聲，驚得老婆趕來奪了菸頭，丟在地上三兩腳踩熄。原來周圍全是羽絨服的成品和原料，是易燃的包包捆捆，堆碼得家裡像個倉庫。

樓開富陪老師到門外走道裡再「嗖」幾口，感嘆師母的工作還未得到校方安排，只能接些零活謀生。

「要是羽絨衣都沒得做了，我就在陽台上養豬！」王老師恨恨地規劃。

「老師，那時候我幫你拉飼料。」

「延安大生產麼，自己動手豐衣足食麼。哼哼，我這個人不怕醜，反正沒文化，大老粗一個，說不定去校門口放豬放羊！」

這明明是氣話。樓哥再次裝聾，直到往對方衣袋裡塞了包菸，王老師這才客氣了些，氣色稍有緩和，問起了學生近況。「話是這樣說，工作還是要做的，擔子是不能卸的。你不要學我發牢騷，鬧情緒，其實越是困難的時候，我們就越要相信黨，越要相信群眾，越要堅定革命到底的信念。你樓開富是好同志，該頂住的一定要頂住，不能軟。」

「我知道，我會挺住的。」

「特別要注意海外敵對勢力搗亂，你得給我瞪大眼睛，耳朵支起來，鼻子伸長一點。」副書記撕開了另一包菸，「電報查得怎麼樣？」

這是指附近郵電所幾天前報來的情況。據說有一個女大學生模樣的，在那裡往香港發過一份電報，當時讓營業員疑惑，後來更被她的同事們反覆議論。那電文確實可疑——「老蔣撕大布小平老虎油五七一〇」，就這麼一句，就這麼嚇人。其中的「老蔣」是不是指台灣那個最大頭目？「小平」豈不是指我們國家的最高領袖？至於其他數碼，是不是暗號，涉及國家安全的重要內情？

這幾天一直在忙著這件事。樓開富已奉令暗中排查，但陪著當班營業員在女生宿舍偷偷觀察了兩天，還未找到目標人物的面孔。

「有電文稿存底麼？查筆跡，不怕查不到！」在副書記給樓哥指明新的努力方向後，暗查小組調集學生們的作業，夜以繼日，大海撈針，查得昏天黑地，一大沓又一大沓地細加比對，果然有所進展，最終鎖定了四個嫌疑對象。接下來的布防跟蹤，更使一位中文系七八級的女生浮出水面，可疑度最高。據說那女生每天都去總收發室兩趟，好像在焦急等待什麼郵件。是不是等待來自海外某機構的指令？那女生又好幾次在電影院前閒逛，是不是在等什麼人？是不是有些反常？電影院周圍有一個窗口常飄出粵語歌曲，牆根處常有一老頭叫賣爆米花，一輛牌號尾數為七四五一的大貨車反常地在路上來回多次……這些動靜也似乎非同尋常。

在保衛處的介入下，當面詢問在這天深夜實施。目標女生是小辮子，小圓臉，顯然被周圍這麼多陌生面孔嚇壞了，被一盞台燈在四壁投照的幾個大背影嚇壞了，看看這個，看看那個，兩手反覆揪扯一條手絹。一道校園裡再尋常不過的電鈴，突然嚇得她從椅子裡蹦了出來，臉色已慘白。

「你這幾天在等什麼？」保衛處的老潘問。

「沒等什麼啊。」

「以為我們不知道？」

「我……真的沒等什麼。」

「由我們說出來，性質就不一樣了。知道嗎？」

「求求你們，我不說行嗎？」

「看來你小小年紀，還要與組織對抗到底了。」

「我……」女生憋得滿臉通紅，一張臉在抽搐，聲音小得像蚊子叫，「我是那個，那個……快沒了……」

「什麼快沒了？」

「求求你們，不說行嗎？」

「你不說不要緊，反正我們都會查清的。」

終於，終於，終於，三個字嘟噥出來，雖含混不清，卻剎那間摧枯拉朽炸翻在場所有男性。「衛生巾」，這最出乎意料的三個字猝不及防。這就是說，她的坦白居然一點也不機密，一點也不重大，其急急跺腳似乎也理由不足。「媽媽說寄，說寄，說寄……但錢到今天還沒寄到啊。」她接下來的解釋更讓人絕望，「我沒要多少，就十二塊，頂多十五塊。你們說多嗎？」

王副書記蒙了，裝耳聾都來不及，但抹一把臉，不甘心落入尷尬和沮喪：「是媽媽的錢，還是香港的錢？」

女生的眉毛扭成了繩。

副書記把作業本和電文稿重重拍在她面前，看她還做何狡辯。片刻後，直到她在作業本、電文稿、主審官三者之間反覆察看，終於噗哧一聲大笑起來。「媽呀，你們讓我笑一笑……」她捂住肚子，又搖手，又捶桌，「哎喲喲，讓我再笑一會兒，要死了哎喲喲……」

什麼鬼？這電報內容難道也不重大？

不，不，她後來上氣不接下氣地說，電報確實是她所發，內容也足夠重大，不過真相是這樣：此小平並非彼小平也。此小平不過是她的某位室友，老蔣則是這位室友的未婚夫，一位廚師，最近在香港，屬於勞務輸出的那種。前不久未婚夫擔心婚約靠不住，大學生老婆可能要飛，老是膩膩歪歪地來信吵事，於是四位室友為某小平兩肋插刀，聯名致電表示申斥和勸慰。老蔣不要鬧（撕大布），小平很愛你（老虎油），其實是中式英文，幽默一下。五七一〇則是吳齊姚凌四姊妹的署名代碼。出境電報麼，貴呢，省幾個字就是省好幾塊錢。

王副書記笑得像哭了：「省錢，能能能省成你們這種鬼話？」

不過他抽上一支菸，再接上一支菸，終於找到了自己下台的梯子：「是中國人，就好好說中國話。拽那麼多洋調調，思想意識很不端正嘛，也容易造成同志之間的嚴重誤解嘛。」

老嚴也支支吾吾：「就是，就是，你們是大學生了，處理個人問題得嚴肅認真。外語系那個婚外孕的，生物系那個潑硫酸的，不都是深刻教訓嗎？校領導既然已經解放思想，已經放寬政策，同意你們在不耽誤學習的前提下自由解決個人問題，你們就要自己擔起責任來麼。談不談，怎麼談，都得對人對己嚴肅負責知道不？」

女生嚇得吐了吐舌頭，雖沒聽出個條理，卻感覺自己可能真有錯，包括自己平時反覆研究電影海報上的髮型和時裝，離婚外孕和潑硫酸的嚴重程度，可能確實不遠了，於是瞪大眼睛，臉色再一次轉白。

第十章

保衛共和

自陸一塵被打掉一顆牙，他覺得毛小武在關鍵時刻見死不救，傷了哥們感情，是欠了他重重的一筆。他好長一段時間不再找小武為自己的朗誦拉琴配樂了。

小武也是本市學生，拉小提琴已很有些年頭，據說是從街上各種紅白喜事拉起，是南門口一個業餘班子的首席。那種活計俗稱「堂四郎」，不知是何意思，連研究方言的教授也沒查出來源。但「堂四郎」裡藏龍臥虎，他拉琴一度拉出了家裡的半個飯碗，一支德沃夏克〈小夜曲〉，雖只是幕後伴奏，也曾震驚藝術系老主任。要不是兔唇哥的面相有點那個，系主任當初還差一點動員他從中文系轉過去，成為器樂專業的重點培養對象。

不過，系主任說他認識省電台領導，那裡有一個廣播樂團，只要聲音，不計形象，他可介紹毛哥到那裡去施展才華。

毛哥嘟噥，說他哪能幹那事。

你要相信我的耳朵，我在這行裡已經三十年了。系主任這樣鼓勵他。

毛哥還是嘟噥，說他沒打算以後賺這份錢，說他以後同朋友們玩玩，拉給老媽老姊聽一聽，也就夠了。

「這怎麼是錢的事呢？你有天賦，有感覺，與一般人不一樣。你就不覺得藝術比生命更重要？」主任大有恨鐵不成鋼的焦急。

毛哥還是咧嘴笑笑。

他肯定沒聽懂，笑得也不成章法。他這輩子攤上一個兔唇，術後仍有缺損和疤痕，仍有嘴上局部的僵硬，沒法配合嘴角和眉眼的活躍，搞得表情很分裂。不知是否與這兔唇有關，是否與多年來的容貌自卑和性情孤僻有關，他眼睛雖大，卻白多黑少，常是呆板，沒多少光澤與活氣，看上去是大號的瓷眼珠或紙眼睛，來自某種標本室的掛圖或浸缸，常在前額的俯壓之下投射出斜斜的目光。

這樣的臉和目光與舞台一類確實格格不入。也許，他早就明白這一點，所以不把拉琴當回事，幾乎將其等同於拉鋸和彈棉花，倒是對肌肉最上心。繞啞鈴，擊沙袋，少林拳，跆拳道，單手俯臥撐……年幼失父的他，就是靠這一身肌肉保護了老媽，保護了姊妹，保護了眾多小兄弟，直到在南門口打出一番聲威。反正那年頭世道亂，警察管不了太多，他和兄弟們只能靠自己攢肌肉，攢氣力，攢威名，能求自己的絕不求別人，能用拳腳解決的絕不費口舌，倒也活了個痛快。偶爾搶一頂軍帽，砸一個小奸商的門店，也是痛快的應有之義。

進大學後，他順理成章當上體育委員。三〇七全體同他有過比試，七個男生把他團團圍住，但無論如何攻擊，他左閃右避，兩隻腳在地上生了根，一棵大樹怎麼也沒法扳倒。輪到他出手了，好，看清點，男生們其實根本不可能看清，不可能想明白，頃刻間就像一堆倒立的空瓶稀裡嘩啦，七歪八斜倒在地上——他們這才見識了所謂內力，見識了什麼叫民間的推手和樁子功。

照毛哥的說法，他沒想到自己也能混成大學生，眼看就要混成油頭粉面的知識分子，該金盆洗手了。只是有時那肌肉不聽使喚，就像陸哥的那顆心有時不聽使喚，讓他沒辦法。這一天的情況是這樣，相鄰的化工學院一夥「委培班」東北生來串門，不知是來比球，是來玩耍，還是來看藝術系和外語系的靚妹。據說他們多是機關子弟，吃飯時饅頭剩了不少，丟在泔水桶裡扎眼。一個叫史纖的同學看不慣，去說道了幾句。可他普通話不大靈，比如說的是「嘴巴」，被人誤聽為「雞巴」，於是雙方翻臉對罵，最後動了拳腳。

樓開富聞訊趕來，好容易勸走了東北生，一一扶正了食堂裡的桌椅，撿起一個被踩癟的搪瓷盆，送史纖去校醫院上藥。

毛小武也及時趕到現場。「人呢？人呢？」他一根鐵管指定樓哥，「怎麼放跑了？快說快說，去了哪裡？」

樓哥大聲喝止：「小武，你就別來添亂了。」

受傷者的史纖也不想再打，抹了一把鼻子，揪下一個大血泡：「算了，一群瘋狗。今天只當是我沒看黃曆，出門踩一腳狗屎。」

「怎麼算了？你臉上是蚊子血？」毛哥跺了一腳，「兄弟，這裡是東麓山，不是長白山吧？這裡是紅土地，不是黑土地吧？幾個東北崽，打上門來撒野。這筆賬不算清，我們這臉上貼的是屁股皮？以後還好意思出門上街？」

受傷者說：「他們是東北虎，都是大個頭，你要吃虧的。」

這話更激發鬥志。「打得死我，吃不完我。老子咬也要咬他一口。」

「小武，毛小武，你怎麼又管不住自己？」樓班長衝著毛哥的背影大喊，「你在班會上怎麼說的？你保證過的三條就忘了？……」

毛哥早已跑沒了影。

這一天，他再一次肌肉思維衝動，沒追上那一眾東北崽，也顧不上官方的保衛處，回頭黑著一張臉，下令糾察隊總動員。這「糾察隊」其實來路不明，成員也時多時少，五六個紅袖章更不知是從哪裡找來的。據說新校長見過這些袖章，聽說他們在抓小偷、抓流氓、看守晾曬的衣服和工地的材料，便表揚他們愛校如家——這在他們看來就是得到了官方正式認可。他們上梁燒蜂窩，糞池裡撈鑰匙串，諸多義舉也曾廣受同學歡迎。

不用說，值此危亂之際，養兵千日，用在一時，犯我敵寇，雖遠必誅，好漢們不得不站出來維護校園安全和社會正義了。人家對毛哥的室友施暴，侮辱性太強，這事更沒法不管。傍晚，薄霧掩來，紅袖章們聚集在學校以東的大橋下，一片偏僻的開闊地。外援力量也悉數抵達，其中有小武的中學同學，還有一些街頭兄弟，接到電話後都熟門熟路，嘩啦啦召之即來，包括一武警、一交警，也換上便裝加入，以示兵民同仇有難共擔。他們操的操大棒，拎的拎羊角錘，有的還扛上了鐵鍬，分乘一輛中巴和幾輛單車，捲起一路滾滾風塵，從四面八方趕赴目標地，有一種渴望已久和狂歡大慶的勁頭。

毛哥已剃了個光頭，一件夾克衫纏在腰間，把左袖捲起，把右袖也捲起，對自己的老部下做最後動員，喊出了橋拱下的嗡嗡回音：「……弟兄們，臭清朝的小賊寇又進關了，貝勒貝子下毒手，殘害我中原父老鄉親，一心要復辟大清帝國，狼子野心，天理不容！」他不知何時想到了這一套說辭，於是兩校之事成了兩地之事，兩地之爭成了兩制之爭，居然一下就提升了打架的意義。一個普通的治案事件，眼看要上升到保衛共和的高度——毛小武這大學文科生看來也不是白當的。

「我問你們，就一句話，當不當吳三桂？」

「不當——」下面一片怒吼。

「你們是站著撒尿的，還是蹲著撒尿的？」

「站著撒尿的——」

「你們是不是我毛小武的兄弟？」

「是——」

他明明多問了兩個問題。

「那好，九點半，就在這裡，拍死他們！拍死他們！拍死他們！拍死他們！……好漢們群情鼎沸，振臂高呼，中巴的喇叭聲也夾在其中。

「打死卵朝天，不死又過年！」不知誰又擅自追加一句，再現當年南門口的慷慨激昂義薄雲天。只是說話糙到這一步，讓幾位大學生一怔：今天來的是些什麼人啊。連小武也橫了一眼，皺了皺眉頭，對身旁的同學嘟囔，說今天不知有些人是如何來的，那意思似乎是嫌眼下場面太雜亂。

但開弓沒有回頭箭。時間、地點、方式都已在戰書中定下來的。包括藥費自理之類的約法三章也見於白紙黑字。不用說，這一戰書已派人提前送達化工學院。不過，一直等到九點左右，等得大家在夜色裡撒的撒尿，打的打哈欠，嘸的嘸口水，一位男生才匆匆從那裡來，送來東北崽們的一紙回覆：

要打架，好得很，奉陪到底！

但我們幹嘛要聽你們指揮？我們的規矩是，你們一人頂個臉盆，在南大橋上跑三個來回再說。做不到就少來放屁！

這明顯是慫了，是打不贏就罵贏，罵不贏就賴贏，燉熟了老鴨嘴還硬。毛哥啐了一口，一把揉了回條，說他們不敢來，那我們就上門去討個公道。

幸好那個便裝交警拉住了他：「毛哥，入室行暴，街頭鬥毆，這在法院裡量刑時差別好大呢。」

毛哥也想起來，江湖上也有不入家門、不傷家人的規矩，同國家法規差不多。只是眼下學生宿舍算不算家，他有點迷糊。

「那你說怎麼辦？」

「打是要打，這沒得說。以牙還牙，那也沒得說。不過要看今天打還是明天打，現在打還是以後打，是在有利的時候還是在不利的時候打……」

「你直說，意思就是說不打了唄。」

「不，打就要打得痛快，打得他們跪地求饒喊爹叫娘。只是他們閉關不戰，這又黑燈瞎火，我們去捉蝨子，放不開勢啊……」

「那又怎麼樣？你有話說，有屁放！」

幸好，有一同學來報，說毛哥你媽你姊來了，便裝交警就不用再說了，也沒工夫說了。毛小武回頭看，果然見一婦人坐在輪椅上，被樓開富抬過一條溝，向他一步步放大而來。那確實是媽，一張再熟悉不過的瘦臉，一個輸液吊瓶還由他姊在一旁高舉——他後來才知道，原來是班長這老貨真是想得出，自己降不住正義的隊伍，竟拿出了以前當小學副校長時的家訪經驗，放出了人情大招，架起了人肉盾牌，把病得不能下床的他老娘也搬了出來，無非是要扎心，要攪局，要滅自家的威風長賊人的志氣！

小武愣了一下，像個洩了氣的皮球，只得咣噹一聲丟下手中鐵棍，偷偷扒掉袖章，順手不知從誰的頭上抓來一頂帽子，蓋住自己的光頭。

婦人朝他頭上陌生的帽子看了一眼。

他知道媽的意思，結結巴巴一陣，大意是這次是人家先動手，欺人太甚，罪惡滔天，擱誰頭上都得發飆，不滅不足以平民憤……沒料到婦人根本不搭理他，只是翻了一下眼皮，哼一聲，讓女兒推動輪椅繞場一圈，看場上還有哪些熟面孔。說也奇怪，人們這時驚訝地發現，就婦人這一聲哼、一輪看，如同現場驗身，現場揭短算賬，已收拾得兒子的幾個小夥計躲的躲閃，假的假笑，銳氣大挫，陣形開始混亂。原來那幾個以前都吃過她毛家媽媽的飯，吃了的嘴軟。

她好像也把小武盯醒了，讓他從半天雲中跌回現實。他半張開嘴，陰沉著臉，死魚般的大眼睛輪了一圈，大概是怕他娘還有深藏不露的功法，趕緊向左右抱拳拱手，氣呼呼地趕上去推著輪椅離場——他最頑強的抗拒，只是接過輪椅時，暗中踢了樓開富一腳。

踢得班長蹲下去緊捂腳踝，哎喲哎喲，好半天還有淚花。

事後校方給小武一記過處分，擼掉了他的體育委員，就是考慮到他雖無鬥毆後果，但有動機，有行為，有組織化，且態度一直不端，此時的一腳便是報復證據。

「小武爺有話，」有人在他身後吆喝，「散了，散了……統統散了……」

受毛哥行前所託，史纖等室友留下來盡地主之誼，代為答謝校外各路好漢。陸哥是帶薪學生，但自稱這天沒帶多少錢，只買來三包菸、半箱啤酒、一些紙包糖，給他們一一分發。史同學覺得事情因他而起，實在辛苦各位，自己又出不起錢，只好忙不迭到處握手和鞠躬，又以自己的詩篇當酒，來一番精神犒勞。在那個大橋拱下，他朗誦了自己寫的幾首，牛啊，狗啊，鳥啊，水車啊，爬藤啊，籬笆啊，老樹啊，水面上的倒影和波紋啊……都是用純正普通話朗誦的，鏗鏘頓挫，浩蕩抑揚，不料聽者卻一片沉悶。這念經不像念經，快板不是快板，很多人可能沒聽懂。

他又講了一個笑話，先笑出了自己的咯咯咯，還是沒得到多少回應。

一個臂上刺青的小哥眨眨眼，私下裡問：「兄弟，搞了半天，你們今天就是為這個神經病出頭？」

陸同學說：「看走了眼不是？他可是我們班的著名詩人，在報上發表過詩的。」

「還詩人？怎麼長得像個驢販子？」

「學著點，這叫奇人異相。」

「怎麼一開口就學驢叫？依我看，反正啤酒不夠喝，閒著也是閒著，今天把他捶一頓算了，省得他以後動不動就來發癲。」

旁邊幾位放出大笑，砸了幾個空瓶，一個個摩拳擦掌，大概想發洩一下他們對東道主摳門的不滿。他們今天雖不算威加四海，凱歌高奏，至少也算得上兩肋插刀，見義勇為，怎麼說也不該只被一兩口啤酒打發。他們沒注意到，他們的刺青太扎眼，對詩歌和普通話的不敬也早就讓學生崽們互遞眼色，一個個搖頭嘆氣。陸一塵還對旁人恨恨地咬耳朵：「我早說了吧？姓毛的是個掃把星，總是交友不慎，哪一天會讓我們跟著吃大虧的！」

第十一章

天堂裡的人間煙火

小說是表現生活的——中文系的各種教材都這麼說。

肖鵬自寫小說以來，卻逐漸困惑於一個問題，一個很大的問題。這麼說吧，如果有人以為小說裡有生活的全部，小說與生活之間可以畫等號，那恐怕是一個天大的錯誤。

道理很簡單，小說別名「傳奇」，總是聚焦於新奇之事，於是生活中大量的吃喝拉撒和生老病死，因瑣屑無奇，一開始就被排除在小說之外，成為大盲區。這就剪去了百分之八十左右。連任何偉人或美人無聊重複的日常，也都處於此類盲區，更遑論其他。

其次，很多故事早已積累在前，若與後來的故事大同小異，在讀者看來幾近重複，也必被小說家們避開，一如武松打虎後，就不會再有仿武松打虎；莊周夢蝶後，就不宜再有你我夢狗；如此等等。這又得剪去一大塊。

接下來，另有一部分生活，奇到了單色調、極端化、十分罕見的程度，雖可能真實，卻也令人生疑，如亞里士多德《詩學》一書中提到的，好人好到了幾乎從不做錯事，壞人壞到了幾乎從不做好事，諸如此類，沒法讓受眾懸心地「緊張」與「驚訝」，不易產生代入感，那也大失吸引效應和審美價值，跌出了小說的興奮區。這又會被剪去不少。

到最後，倫理、宗教、法律、政治、習俗、市場和資本等，布下了各種心理安防禁區，還會讓小說家們主動或被迫地剪去諸多「不合適」、「不正確」、「不允許」的東西……由此下來，七剪八剪，大樹就可能剪成一個棒槌，甚至一根牙籤。不妨想想，如果一個讀者憑借棒槌（甚至牙籤），去想像、辨識、規劃、營建自己的生活之樹，豈不會在真正的生活那裡碰得鼻青臉腫？

很多人對生活的無知、失望、憤怒，是不是多來自於小說的誤導？

換句話說，一種逼得小說家們沒工夫撒尿的追新獵奇，是否一定合理？特別是從當代的小說來看，誰能保證，小說家們掛一漏萬之後，所取之「一」必定比另外千萬個「一」更重要？更能表現真正的生活？

明此理，大概就不必對篩選出來的東西過於信任了。

不管怎麼樣，肖鵬眼下已寫到了七七級的畢業，一個具體利益突然逼近的微妙時刻，也是有些人日後不堪回首的時刻。

□□□□□□□□□□□□□□□□□□

□□□(版主說明：因有網友和機構投訴，此處被屏蔽一千七百多字，以後是否恢復，視作者申訴結果而定。)

下面是未刪的部分：此時的大學生還享受國家計畫分配，於是樓開富的去向相對優越，雖未能如願以償，未能去省委第一辦公樓，拿到特別的紅版出入證，但去了省黨報，也算是一個不錯的單位。不久後，他升任總編室副主任，娶一位廳長的女兒為妻，前程一派光明。黨報的權威在那裡，總編室舉足輕重，上哪些稿，撤哪些稿，給誰加加分，給誰減減分，關係不少人的仕途。因此他下到市縣各地，總是被一些幹部前呼後擁，有好茶好酒好飯招待。

陸一塵、肖鵬、趙小娟後來陸續調入省城工作，史纖在當地找到飯碗……這些好事後面多少都有他的影子。

班長永遠是我們的班長！老同學設宴感謝他時，一舉杯，一起鬨，掏出的感激之情很讓他受用。

樓哥，你不能偷懶，不能下崗，不能偷奸耍滑，要繼續幹一行愛一行啊，永遠帶領我們奔共產主義。肖鵬有一次也這樣舉杯諂媚。

樓哥暗想，這小子當年不是玩世不恭、老子天下第一的現代派嗎？如今也知道釘子是鐵打的，粑粑是米做的，任性當不了飯吃啊。

「肖鵬同學，這與我有什麼關係？」他謙虛出一種公家人的風度，「是金子總是要發光的。說實話，這都是你們自己努力的結果。要感謝，得感謝你們自己，得感恩這個改革開放的新時代。」

當然，也有些同學對世情一竅不通。那個誰，當初未成年的曹立凡，就活脫脫一個未老先衰的少年痴呆，總是聽不懂話，該笑時不笑，不該笑時倒笑，一聽樓班長要幫他上一篇稿子，替他揚揚名，便立刻往歪裡想，嚇得連連搖手，說他沒錢，真沒錢，不要這個虛名……他想必以為樓副主任是勾兌有償報導，下作和無能到這種地步，要在老同學身上割肉？

「我沒有找你要廣告或者要贊助吧？你那個學校能保工資就不錯，我還不知道？」

「樓哥，我真是做得不夠，還不夠格。」

無論樓哥如何解釋，那傢伙還是一直搖手到最後，飯吃到半途就溜之大吉。他肯定是在縣城中學裡待傻了。

相比之下，當然是馬湘南（就是在小說中託名「馬勝友」的）最善解人意。樓開富幫他協調過一樁官司，後來接受過對方多次宴請，兩人還一同去了趟南方那個特區城市。

沒料到這一趟，倒是使樓哥肚子裡有些打鼓。怎麼說呢，南方，還特區，完全是另一個世界，是他們同窗求學時完全無法想像的一切，是閃閃耀眼的太多可能性。那裡群樓林立，車隊潮湧，繽紛商廈大若迷宮，白天和夜晚都在沸騰，到處都翻湧出空調機排放的冷氣或熱浪，一片形如冰炭的繁榮。像「時代」這樣的詞，只有在那裡才會蠕動，才會伸縮和起伏，一個個活起來，啃咬內地人的綿綿心思。

正如當地人一度迷醉和誇耀的，那裡的時間由卡西歐管理，夜景由飛利浦掌控，速度由豐田和福特定義，皮膚由香奈兒和雅詩蘭黛呵護，舌頭是交軒尼詩和馬爹利訓練。連褲襠裡的老二也被泰式按摩女精心打理——雖並不涉性，對方只是對客戶的所有肉體都盡職盡責，即便遇到尷尬事，也保持一種職業化的溫和微笑。

這太不公平了吧？從那樣的會所裡出來，樓開富全身上下從裡到外熱烘烘軟酥酥，鼻子邊餘香猶存，生命能量似乎在每一個毛孔裡噴湧。原來馬湘南這小子，早早就過上了這種非人的生活？居然比兢兢業業的幹部們還前程遠大？

也就是時隔幾年，馬湘南已身家莫測，另有好幾處離宮，光是家裡的名酒就有數十種，光是鍋就冒出五六十個，鐵的，銀的，銅的，陶的，煎的，燉的，吊的，平底的，桶狀的，桃形的，魚形的，殺菌的，除腥的，烤蛋糕的，炸油條的……占滿整整一間儲藏室，不知吞吐過多少奇珍。有這麼多鍋拱衛主人的腸胃和心情，他出門應酬，一高興，據說就叫人把門外擦皮鞋的統統傳喚進來，給夜總會裡所有的人，認識和不認識的，統統擦上一輪皮鞋，搞得大家都大為驚愕與歡樂。如果他更高興了，就一邊打電話一邊往外走，跟在屁股後頭的司機，會奉命給所遇見者一人一張百元大鈔，就當是錢多得煩人，得讓老百姓幫忙花掉。

更讓人驚訝的是，他不但喜歡鍋，而且迷上了老掉牙的開會和操訓，他以前最痛恨的那些苛政惡法。他動不動就集合手下人，統一制服和動作，眾志成城地升（公）司旗，唱（公）司歌，背（公）司訓，聽他一本正經地上課訓話：「……你們不是有人偷偷貼標語，要打倒馬胖子嗎？貼啊，貼啊，使勁貼，我馬胖子就在這裡。你們最好貼到天安門去，我報銷機票。你們最好搞飛行集會散傳單，我保證一個不抓，還給你們發獎金。」

「……你們少給我講自由，少給我講個性。個性算個屁！狗屎沒個性嗎？豬屎沒個性嗎？有乾有稀，有黃有黑，一坨一坨都不一樣。但狗屎豬屎永遠都是屎。要打江山，要救自己，你們就必須把那個狗屁個性甩在地上，踩三腳，踩三腳，再吐三口痰。我們是誰？我們是市場經濟的敢死隊，只能靠三大紀律八項注意，靠光榮的革命傳統，靠全公司上下同欲死心塌地。那個三大紀律……」他隨手指定一個人，「你給我背。」

對方準確背出來了。

他又指定另一個人：「八項注意，你背！」

這一次對方是個妹子，結結巴巴只背出了五項，偷偷看他一眼，臉都嚇白了。

她背的也不是公司版本，比如未把「群眾」一詞改成「客戶」。

馬總咬牙切齒：「說，你怎麼混進來的？哪個招聘你的？收了你多少回扣？吃沒吃你的豆腐？……」

他回頭交代任務：「黃主任，給我查，查出來統統走人。」當下就使妹子忍不住捂臉大哭，歪著身子跑了。

這裡的人都知道，馬總還特別注重全員體能鍛鍊，一有機會就逼他們列隊跑步，大概是想跑出革命軍營裡的忠誠與頑強，跑出鐵軍聲威。他親自吹哨，親自原地小跑示範動作，吹著吹著大呼一聲「停——」，大家以為有什麼大事發生，其實他只是指定一位男員工：「你把鼻涕擦乾淨了，好不好？」然後揮揮手讓大家再跑。

過了一段，他突然又大呼一聲「停——」，指定另一位女員工：「喂，喂，你花短褲都出來了，看不得，看不得。」這是指對方的女褲側縫沒扣嚴實，露出了一線花色。

待很多人忍俊不禁，待當事人一臉通紅手忙腳亂，他仍是滿臉嚴肅：「笑什麼笑？賊眉鼠眼往哪裡看？都看我這裡，都聽好了——」他重新把哨子塞入嘴中，再次發出哨令，驅動一支商業鐵軍滾滾向前。

大家也知道，如果他對操訓滿意，很可能慷慨犒勞，從一百到五百，賞金不等。以後包飛機出國去玩玩，也是他的許諾。

不用說，他對老同學都還算熱情，對樓哥的情義更不含糊，一心逼對方承認自己窮，你不窮？你不窮誰窮？你怎麼可以說自己不窮呢？進入特區的第一天，他就大舉助困扶貧，扔給對方一包套套，同時拍下維也納樂團的天價門票：「兄弟，先解放肉體，再解放靈魂。你到了這裡就得大卸八塊，五馬分屍，死去活來，重新投胎！」

樓哥不敢接套套，頓時紅了一張臉，說不能開玩笑，那會讓他犯犯犯……錯誤的。

「你小子就是這一點不好玩。這也錯誤，那也錯誤，放個屁都要憋成絲，憋成粒粒。你就不怕憋出自己一個肺氣腫？」

樓哥其實自己也覺得不好玩。但有什麼辦法呢？自己好歹端的是官家飯碗，是有身分有責任有紀律的，真接了套套，往後講不起話，在老同學面前也尷尬。

記得小時候，他來省城親戚家寄讀，在柵欄外偷窺過高層的機關大院，看那裡的花果繽紛、園林幽靜、路燈璀璨、軍警巡邏、小轎車閃閃發亮，還有週末大禮堂電影散場時眾人的愜意談笑……他覺得世界上如果真有天堂，柵欄那邊一定就是了，不用再找了，也不能另外再有了。

當然，他大學畢業後真進了那個院子，也就那麼回事。官身不自由是一定的。好容易混成一個副處，說起來好聽，也不過是高級馬仔，一掃一大堆的貨，丟進大機關裡根本看不見，每天還得騎單車上班，還得打開水、吃食堂、取報紙、擦桌拖地，同勤雜工差不太多。他有時在上司前低眉順眼，跟著哪位長官去開會，還得忙不迭地開門、打傘、提包、端保溫杯，練就一身眼明手快的功夫。

更重要的是，天堂裡其實全是人間煙火，並非所有上司都和善溫良，是凶是吉這要看各人的運氣。有一次，他負責一次會議的住房分配，給領導挑了最好的一間，不料那領導看過房間後就是不入住，回到大堂裡死坐，臉色很不好看。要不是同事私下指點，他根本不知那間房裡一幅〈天涯海角〉的風景畫犯忌，不知「天涯海角」暗含走投無路的意思，更不知房間號是「七」，正合了「七下八上」的一個「下（台）」，都很不吉利，讓人家惱火。自己後來好多次被那位領導視而不見，差不多是罪有應得。

還有一次也無奈。有一個領導說，這一段太忙了，忙得我上火，嗓子痛，嘴上起泡。他隨便接上一嘴，說我不同，我一上火就便秘。結果對方沉下臉，把他送來的材料看也不看，隨手扔到一旁，讓他等也不是，走也不是。這回他吸取此前教訓，忙反省自己的言語。真是不想不要緊，一想嚇一跳，他怎麼這樣無聊、這樣惡毒、這樣下流呢？竟把人體的上下器官串在一起說，豈不是惡語辱罵長官？要是放在戰爭年代，他這種反賊豈不有通敵之嫌，完全是反動本質的自我暴露。

「姚部長，對不起，對不起。我我我確實是便秘……」只是他越慌張，越可能說亂，舌頭扭不過來，「與您的便秘沒關係……」

對方沉下臉：「我什麼時候便秘？」

「不是您便秘，我是說我牙痛……」

「你啥意思？」

「我是說，我是說，您千萬別往心裡去……」

「我剛才說了什麼嗎？我什麼事要往心裡去？」

「不往心裡去就好。我只是擔心您生氣……」

「我、生、氣、了、嗎？」

「您看，您已經生氣了，您還不承認……」這差不多是死纏爛打，他今天定要同首長死磕到底了。

「樓開富，你太過分了。你胡說些什麼呢？出去，出去，你現在就出去！」

真是越描越黑。樓哥出門時萬念俱灰，心慌意亂，見櫥窗裡有草書作品，趕緊欣賞了一番，以實際行動看齊部長的草書愛好；見街頭的臭豆腐，也趕緊惡心一把，怎麼說也得與部長的口味保持一致，絕不接受惡俗之食。這一切彌補似乎仍不夠。他還一連寫了三份自我檢討，卻不敢上交，總覺得明說暗說都危險，都不對，最後只能將其燒成灰沖進馬桶。

他不知自己把馬桶盯了多久——那個地獄之門，那個知曉他一切卻守口如瓶的白胖家奴。

他不是堂堂大學生嗎？不是在報社裡怎麼也數得著的香餑餑嗎？不是還有個當廳長的岳父在那裡戳著嗎？屁，廳長算個球。他現在已看清了，自己越是起點高，就越容易招嫉妒，越可能被人明捧暗踩。如果你的靠山在官場上有對手，栽跟頭，那就更圓滿了。你就等著靠山變火山，燒一個焦頭爛額吧。

見到趙小娟時，他感慨萬千，長長嘆了一口氣。

「你臉色怎麼這樣難看？你千萬不要洩氣。這宮鬥戲哪裡沒有？你條件那麼硬，能力那麼強，誰怕誰？」對方興沖沖地鼓勵他。

「你不瞭解情況，沒你想的那樣簡單。」

「算了，官場失意，賭場有戲。現在是中華人民麻將國，最好玩、最開心了，是個人都玩得塵土飛揚。哪天我帶你去搓一把。」

「我……不會。」

「是你家那位領導管著你吧？」

「那倒不是。」

「我教你麼。」

「我笨。」

「你確實笨，笨得死，老木瓜。」

「再說，耍錢……畢竟影響不好。」

「去，才混成個小鬼，就想當菩薩了，什麼呀。」對方用食指戳他額頭一下，「有什麼大不了的？天下的菩薩也都是人，該爽還得爽。」

這一戳很親切，涼涼的柔柔的耐人尋味。

他們一起吃飯了，一起散步了，一起走入路燈照不到的樹影裡了，一起走到小娟家的門前了。他甚至陪小娟去給她寶寶買了牛奶，又挑了玩具，在旁人眼裡肯定就是一對，被深度的家務關係綁定。樓哥因這種恍惚的綁定而呼吸急促，聽到自己心跳加速，拿不準眼下該不該做點什麼。特別是剛才，對方似乎無意中扭了扭腰身，無意中說到老公出差不在家……這算不算暗示？如果算的話，如果他呼哧呼哧一口氣憋不住，眼睛一閉豁出去，迎接他的將是投懷送抱，還是恰恰相反，來一記響亮的耳光？

「九點……過了吧……」他沒話找話，居然說起了時間，在自己空空的手腕上找時間證明。這是給讓自己尷尬、還是逼對方尷尬、還是讓自己在對方的尷尬面前更尷尬？

「再見。」對方終於擠出一個鬼臉，關門了。

女人的鬼臉更耐人尋味啊。也許她們打算投懷送抱卻在最後一刻來了記耳光，也許她們打算來一記耳光卻在最後一刻投懷送抱，誰說得明白？

回家的路上，他心裡仍是七上八下，最後只好強記英語單詞，記下了雞蛋蘋果椅子桌子天空土地老虎兔子總理皇帝，總算擠走了腦子裡那個女人的大胸。

第十二章・A

體育新星

為了恢復與姚部長的關係，樓開富通過一兩位同事，大體摸清了姚家的情況，知道部長有一個親侄兒還在陝西鄉下，兩次考大學都落榜——這也許就是一個機會。

樓副處翻查各種通訊錄，總算找到了一個名字：林欣，她不就在那裡嗎？不是說在特殊教育方面小有成就，前不久還受過嘉獎？照他估計，降分錄取一個學生，小事一樁，林欣這條關係應該用得上。

林欣當年也是班上的槓頭之一，與他的關係算不上好。不過畢竟同窗四載，生活早已翻篇，一切都可以重新開始。

他打算把這件事暗中搞定，再給部長一個驚喜。

沒料到，電話打得不是時候。第一次電話，對方說就要去聽課了，來不及了，樓哥你下午再打。第二次電話，對方說她心情不好，對不起，現在根本不想聽也不想說什麼。到第三次，對方卻劈頭蓋臉就說起了離婚，問協議離婚和訴訟離婚各自的條件，問財產協議是怎麼回事，問法律調解要怎麼做……她顯然搞錯了人，把樓開富當成什麼律師，沒注意座機上的來電顯示。

直到樓同學報上大名，對方才連連道歉，笑得不好意思。她後來解釋，慚愧，她同家裡那口子實在不能過了，勾搭不成了，非休掉他不可了。原因是那傢伙徒有大漢的身坯，驍勇武士的氣勢，其實整個一個軟蛋，面子薄，假仁義，狗攬八方屎，專給老婆添堵，光是走後門招生的破事就令人煩不勝煩。兩口子不久前惡吵過一次，差一點鬧出流血事件。

在林欣看來，那傢伙搖搖豬腦袋就那麼為難麼？不就是人家硬要請吃、要請玩、要塞手機或信用卡？多大的事啊。如果他對老婆殷勤一點，多做幾次獅子頭，她最愛吃的東西，她起碼可以教一招，保他把破事統統擺平。

這倒引起了樓哥的興趣，問什麼招，不能讓我學一學？

「可以，你得欠我獅子頭。」

「別說獅子頭，下次見面，山珍海味隨你點。」

「我就要獅子頭。」

「好，就獅子頭，獅子頭，你要多少有多少，吃了再打包。」
「那好，你聽著。人家如果揣著名單來找你，你就先問一句，這是你親戚吧？如果對方一慌，說不是，你就閉著眼睛理直氣壯，說去去去，是親戚我就給你想想辦法，誰叫我們是朋友呢？至於別人的事，八竿子打不著，你能走多遠就走多遠。」
「來人要是說，是親戚呢？」
「那也好辦啊。你同樣可以閉著眼睛理直氣壯，說不得了不得了，不是親戚還好一點，如果是，千萬免開尊口。上面下面眼下都專盯這一條，一查一個準。到時候毀了你的前程，我豈不是千古罪人？所以這次我非攔你不可，誰叫我們是朋友呢？」
「你原來是在這裡等著……」
「當然啦，兩個套，隨他鑽。」
樓哥恨不能抽自己一耳光，後悔剛才不該問，把自己帶到坑裡了。他眼下正是揣著名單來的，撞上對方的連環殺，陰陽套，兩頭都是死，正事如何說得出口？
「佩服，佩服，你……」他只能嘿嘿。
「本大姊當年好歹是班上的象棋女皇，智商一流，你忘了？」

「沒想到，你還蠻馬列……」

「這就叫馬列？」

「原則性……很強麼。」

對方哈哈大笑：「樓班長，放在大清朝、大明朝、大宋朝，也得這樣陰謀詭計吧？」

樓開富不知自己是如何結束電話的。不僅事沒談成，而且話裡聽音，連自己的政治理論功底也被對方不屑。看來他今天真是昏了頭，沒事找事，送上門自取其辱。

他想了想，回頭打了個電話，再次盛讚林欣的陰陽套和原則性，話頭沒拉住，一激動，便順勢痛斥眼下多見的腐敗，好像貪官之外，只剩下尚未暴露的貪官；刁民之外，只剩下尚未練成的刁民。其大嘴狂噴之勢，連林欣也在電話那頭聽得支支吾吾，似乎摸不著頭腦。他這是勇敢支持清議，補上遲到的正義感，還是突然罵出了自己的豁然開朗的一份釋然？邏輯似乎是這樣：既然滿世界都是混蛋，他就算不了什麼。既然大家都不乾淨，他揣一個小小名單就無可厚非。這也就是說，搞腐敗的，想搞腐敗的，其實眼下最擅長、最願意罵腐敗。那種罵是面子和裡子都賺麼。只要用憤怒包裝了羨慕，就可以罵出一種走後門的自我鼓勵和自我赦免，足以消解任何自我不安，樓哥就是這樣罵出了全身輕鬆，覺得自己更有理由替領導分憂了。是的，他一次次確認，自己是有理由的，是無辜的。

這姚部長的事看來還非辦不可。他打算讓老婆去另找人脈關係，只是沒料到，回家後發現老婆這裡先炸了鍋。事情是這樣：無非是幾天前他與趙小娟一起吃過飯，被老婆的一位閨蜜遠遠看見，老婆接到告密電話後火冒三丈，回家沒嗅到丈夫衣上的香水味，沒找到丈夫圍巾上的長髮絲，但她那份助理檢察官的差不是吃素的，最終果然一舉發現抽屜裡的發票。一張餐飲發票，日期對得上，金額差不多，正像兩個人的開銷。更可惡的是那飯店名叫「紅玫瑰」——多麼浪漫溫馨的名字，多麼心懷鬼胎臭不要臉的地方！果然是人家說的，老同學相會，拆散一對算一對。這異性同學果然是一個個防不勝防的活地雷啊，她姓黃的火眼金睛，這一下終於又挖出一個。

因此，當樓哥敲開家門，老婆一張黑臉就堵上來，質問他這一段為什麼總是很晚回家，質問他經常同哪個狐狸精鬼混，質問他是不是那個姓趙的老相好……當鄰居前來勸解，老婆連哭帶鬧，連撕帶踹，一聲「滾」，公文包早已砸在丈夫頭上，砸得他踉踉蹌蹌在樓道裡一屁股跌倒。

生活中這種畫面不少，寫入小說大同小異其實相當無趣。作者在這裡即使絞盡腦汁，添更多鄰居來探頭探腦，添一點踢褲襠或揪頭髮，添一點鬧離婚或要上吊，再加上無家可歸者在街燈下與野狗的久久對視，還是乏善可陳，不如一筆帶過。

稍可提到的是，下雨了，樓哥返回辦公室，在沙發上剛和衣躺下，墊上一堆舊報紙當枕頭，又接到老婆她大哥、二哥、三哥的電話，一個個全是狗屎腔。即使最溫和的二哥，雖沒臭罵你小子，雖未揚言斃了你這個王八蛋，但熊貓放屁同樣臭。他說你呀你，你上錯床是錯，讓老婆發現更是錯上加錯——有這樣案情復盤的嗎？有這樣總結教訓的嗎？這種男人之間的掏心窩子話是不是哪裡不對勁？先捅一刀再給你上藥，先潑大糞再給你洗頭，不還是要強加你不白之冤？

「我沒有，我真是沒有……」

樓哥恨不得要撞牆了。其實，也就是一個「紅玫瑰」店名，也就是吃了個便飯，也就是從中山路走到了荷花池，在玩具櫃檯前暗中糾結了片刻……這一切礙著誰了？犯哪條法啦？他只能相信，老黃家這一夥太勢利，從來沒把他樓開富當人。不錯，他們有個當大官的爹。不錯，他們自己一個個志得意滿，混成了師的師長、廠的廠長、院的院長，因此不拿正眼瞧他，只當他是一團無形的空氣。連他們的幾個小崽子也學壞，不插斷別人的話，偏偏喜歡插斷他的話。給這個那個長輩做生日賀卡，偏偏把他給漏掉。叫大伯大嬸二叔二嬸三叔三嬸姑姑什麼的都叫得順溜，偏偏叫他「樓姑爺」，多出一個「樓」字，什麼意思？不就是沒把他看成自家人麼？不就是嫌棄他那寒酸的家庭背景？

「爸……」

「娘……」

不知何時，他想起單瘦的母親，想起母親給他留的菜，親戚送來的半碗鵝肉，父親病中吃不下，母親一直捨不得吃的。但鵝肉留得太久，防腐的鹽也下得過多，變成了又臭又苦的渣渣，實在難以下嚥。

「好吃。」「嗯，好吃的。」一個假期歸來的高中生卻只能這樣說，在母親滿心喜悅的目光下，盡量大口咀嚼，盡量喜形於色，也盡量暗忍淚水——直到淚水在今夜再一次湧出，順著耳根流下，滴在舊報紙卷上。

這一夜其實沒有大雨飄潑，雷擊不斷，撕天裂地，也沒有樓下的一大片汽車在雷擊之下紛紛自動報警，如一群孩子嚇得哇哇大哭。但小說可以這樣寫，通常也會這樣寫，以便讓讀者覺得有什麼事要發生。

移民國外的念頭，一直在樓開富心中悄悄生長的念頭，就是在汽車的一片哇哇大哭中變得清晰的。是的，他得活下去，他應該還有機會。也許只有那樣拚一把，他才能最終逃離陰影，絕地反擊，脫胎換骨，最終以全新人生面貌在太平洋上空飛來飛去，俯瞰自己昨天不足在意的一切。他會讓父母自豪的，會讓自己自信的，會有一張女士們心儀的紳士臉，潔淨光鮮得像剛走出理髮店和裁縫店。他還會有咖啡、奶酪、洗衣店、橡樹林的異國氣息，從遠程客機的舷梯走下來，接受一群土包子的歡迎與巴結。他將告訴他們西餐該如何吃，西裝該如何穿，常春藤大學是怎麼回事，在豪華場所簽單如何簽出腦電波形狀的線條，讓別人一個個去目瞪口呆……到時候，看他們還拿什麼來插話。

在汽車們的再一次哇哇大哭中，他也想好了說服親人們的理由。讓孩子學好洋文，接受國際化教育，這一條理由就夠硬。即便老婆疑心重重，她兩個嫂子肯定也能用唾沫星子淹死她。說起來，那兩個嫂子雖讀書不多，卻一直是英語鐵粉。要是孩子在家裡大讀中文，她們當然高興。若換成讀英語，她們的高興勢必加倍，把任何家務都幹得樂顛顛的。她們的耳膜早已不能容忍有人用「三代」代替「3G」，用「立體」代替「3D」，或者把「賴斯小姐」叫成「大米妞」，把「波特先生」叫成「茶壺佬」……哪怕前後意思相同，哪怕後一種說法更好懂——那好懂的一定是欺詐，沒說的。如果讓她們去遊歷美國的新鄉（紐約）、寬街（百老匯）、寶雞（鳳凰城）、蚌埠（珍珠港）……就像肖鵬惡搞地名時那般胡說，她們更可能被那些說不上錯的土地名氣得吐血，寧願從飛機上一頭栽下去。

人生的大轉折就這樣在一無眠之夜敲定。接下來的一段，移民準備一切順利，直到樓開富夫婦倆都辦好辭職手續，包括妻子辭去檢察院一職，多候了一些時日。

計畫卻毀在妻子身上。她不小心摔了一跤，兩天後又摔了一跤，後來三天兩頭就鼻青臉腫，或頭破血流，好像她已分不清遠近，有事沒事就撞桌子；也辨不了高低，一提腳便常往虛處踩。看她手腳越來越多顫抖，好像已不是什麼激動或暈眩，送到大醫院一查，果然是晴天霹靂：脊髓小腦萎縮，來自某種家族基因遺傳，一種不可逆轉也無法根治的神經性疾病。

再說一遍，不可逆轉，也不可根治。樓哥感覺轟的一聲天塌了，自己墜入無邊的黑暗——不，真要墜落就好了，就一了百了，百慮俱消了。要命的是，他無處墜落，無處溶化和蒸發，偏偏身高體壯地活在朗朗陽光下，需要面對一個再具體、再真切、再堅硬不過的家，他樓開富的家。

下半輩子的所有希望瞬間清零，全被一個女人粉碎。一個越來越枯瘦、健忘、多疑、淡漠、暴躁、胡言亂語的女人，一個在自己背上越來越沉重的大個子女人——他每次背她下樓去醫院，抓拉到的肉越來越少，但那鬆散的骨架越來越重，越來越晃，簡直是一床破絮被正在被灌注鉛水。

老婆長期臥床後，靠他餵，靠他攙，靠他搓摸，對他的依賴和撒嬌更多，也對他盯得更緊。一聽他打電話，就會像一條魚，蹭著牆根挪啊挪，爬啊爬，蹭到門邊來偷聽。見丈夫獨睡一張小床，不知何時也會擠上來，強行鑽進被窩，其實什麼也做不成，只是蹭幾下，就算完事。

有一次，樓哥洗完澡回到臥房，發現她完全不顧窗外冰天雪地，竟把自己脫得一絲不掛，衝著他一臉傻笑。

「你不要命啊。」他嚇得趕緊去蓋被子。

大概是痛恨被子，痛恨丈夫可疑的搪塞的拒絕，痛恨他出軌這事終於證據確鑿，她歪著頭，口掛涎水，兩手握拳，蜷縮在床角，兩隻鷹眼透出威脅。

「我……要離婚……」

樓開富沒好氣地大吼：「黃玉華，你離，我看你離了有什麼好！」

她還是哆哆嗦嗦：「我……要離……」

「離吧，離吧，看來不離你是不死心了。」

這就是說，真要離了。

她便嗚嗚哭了。

其實，離婚這事連他老樓都根本不敢想，也從來沒想過。按理說，世界這麼大，就沒有一個角落讓他隱姓埋名重新開始？女人這麼多，到哪裡都是一大把，就只有這一隻帶鱗帶殼的老雕必須由他死扛到底，必須成為他唯一的命運？但割捨不下的，是兒子，八歲的兒子。這一天他回到家，發現兒子站在母親的房門前，直愣愣看他，臉上有淚花和鼻涕花子，一條髒兮兮的紅領巾歪斜不整。

「爸……」

「怎麼啦？」

「爸……」

「怎麼啦？」

「你不要丟下我們。」

「傻小子，爸爸能到哪裡去？」

「爸，我自己能洗臉了，能洗澡了，能洗衣了。爸，我給媽端尿盆，我給媽餵飯，我給媽換衣服，我還能給媽擦身子……我什麼都能做。爸……你告訴我做飯吧，我以後做飯，給你和媽吃。」

「新躍……」

「爸，你不要離開。我要你。」

父親的淚水一湧而出，一把抱住兒子，久久沒有放開，好像生怕對方突然變成一縷青煙飄散，頃刻間無影無蹤。

「爸，你要是走了，我……會想你的。」孩子哇的一聲大哭起來。

他在孩子面前徹底認命了。他不能離開，更不能死，起碼不能死在妻子之前。他得扛住，得憋住，得熬，得磨，讓災難在他這裡終止，不去碾壓一團嫩嫩的骨肉。這當然首先需要他有一個強健的身體，能打兩份或三份工的那種身體。他還不能曠工和遲到，不能生病請假，事到如今的他已沒有倒下的權利。

他開始洗冷水澡，做俯臥撐，還有跑步。連他自己後來也驚訝的是，一天天過去，他變得胸肌發達，腹肌堅硬，手臂上肉疙瘩隆隆滾動，全身脫到只剩三角褲時，一旋腰，一回頭，含胸架臂，在鏡子裡活脫脫就是個健美模特，一顆體育新星意外地冉冉升起。不光是太極拳和籃球，還有小馬十公里，還有半馬二十一公里……他拿下了一塊又一塊業餘賽事的獎牌。不但在獎牌裡找到了骨肉的自信，還享受了腦子裡一片空白，一種酣醉不醒和飄飄欲仙。啊，生活多麼美好，一片白茫茫大地上的獨來獨往多麼美好！

三個哥都來電話了，一口一個「感謝」，一口一個熱乎乎的「妹夫哥」，全是阿諛之辭，想必是他們黃家的小妹還需要守護。

大兄弟，你就是我們家的恩人！

你是我們全家人最好的學習榜樣！

你有事就說話。我們哥幾個要錢出錢，要力出力，要命給命，這一輩子欠了你的，下一輩子做牛做馬也要還。

隔著電話，樓哥也能想像他們嗵嗵嗵地豪邁拍胸。

這一份尊重也許來得太遲。他放下電話時毫無慶幸和喜悅，倒是鼻子一酸，跑到廁所裡哭了——他哭自己在活得最不像人的時候終於活成一個黃家姑爺。

不少熟人都看到過他的獎牌。如果有人說到健身，說到馬拉松，硬要看一下獎牌的話，他便從包裡掏出幾枚銀的或銅的，半推半就出示一下，補上謙虛的嘿嘿一笑。他有時還遞出一張名片，證明他是M社區中老年健身協會主任，黨員QQ群召集人，級別雖有些模糊，但怎麼說也是一種職務——誰說不是一種重要職務？至少，他眼下是有組織的人，不單單是貨車司機，更不是可多可少的社會遊民。

偶爾見到老同學，他一如既往，去聚餐時必備上小禮品，比如筆記本、文件夾、手提包、旅遊帽什麼的，都印有某某會議紀念的字樣。這使他當下的身分更為莫測，似乎是在私企打工，又像是黨政官員，或是業餘兼職的黨政官員，仍能出入有關部門，能經常出席重要會議並享受一些多餘的會議禮品。

小說寫到這裡時，他又身穿短褲背心出現在跑道上了。沒說的，他應該為組織爭光，為自己爭氣，於是在賽道上逐漸脫穎而出遙遙領先，咬牙挺過了疲勞期，不再噁心與搖晃，隨著呼吸與步伐的統一節奏，兩步一呼，兩步一吸，腦袋勻速地兩邊搖擺，雙腿機械性地交錯跨出，差不多已自行其是，如同奔跑與他無關，不過是路面的一種魔法。

他覺得世界一片靜寂，連終點線的歡呼者也徒有嘴形和手勢，構成一部怪異的默片。他沒接受毛巾和鮮花，沒法停下來，繼續跑向慌亂閃開的男女，跑向紛紛避讓的汽車，跑向陌生的街道和大橋。

在那一刻，他覺得自己已跑出了地心引力，輕飄飄飛了起來，飛越森林和大海，飛入了深空、太陽系、銀河系，融化在兒時的萬花筒。

一輛無聲的汽車突然迎面放大——事後他才聽說，那是該死的汽車避讓一輛摩托，突然急轉以至逆行。他還聽說，他當時肯定是下意識跳了起來，於是被車頭掀起來，撩到半空中，先是一個球狀向前翻滾，然後像一朵花在慢鏡頭中綻開，緩緩地躍向天空，再悠悠然飄落大地。群樓傾覆，天地飛旋，那一刻他怒放在炫目的太陽光下。

海闊天空我們在一同長大，
普天下美好一家……
事後他在病床上對ＱＱ群的同志們說，當時他根本不知道賽程已經跑完，腦子裡什麼都沒有，只有上面這兩句歌詞，不知是從哪裡飄來的，奇怪地揮之不去。

—第十二章・B—

紫羅蘭和玫瑰花

毛小武看完肖鵬上面所定的這一章，忍不住嘟噥：「扯，扯吧，你寫的這個L君就是樓哥吧？他是辭職了，沒錯。但他後來在米國，早就拿卡了，宣誓了。」

肖鵬說：「你確定？」

「我去年還見過他，還有他婆子。她的腿腳好像是有點不便，不過腦萎癱瘓什麼的，我沒聽說。」

「我也有點懷疑他們的傳說。」

「你還是這樣寫了。」

「我聽到的就這樣，沒辦法覈實。何況小說家有權虛構的，要那麼較真嗎？」

「還馬拉松，還QQ群，還離婚，也太慘了。你最好還是厚道點，莫這樣八四八。」

「八四八？什麼意思？」

「八四八，就是八四八啊。奇怪……這話大家都懂，我從小就懂，只有你一個人不懂。」

毛小武常有自產自銷的詞，以為大家不可能不懂的詞，於是同他說話須不拘小節，只能馬虎帶過。

肖哥笑了笑，說自己也聽過毛哥的說法，對上面這一章也並不完全滿意，甚至已有改寫，只是定稿時猶豫了，難以取捨。他現在的打算是，不妨把兩稿都上掛，比較一下不同寫法的效果，讓讀者們自己來挑，那也是一樂。小說麼，不是國家檔案，再說檔案也不一定真，管他呢。

毛哥很不理解：「我不怕你現在混成了教授。你說，你兒也是你爹嗎？你吃了也是沒吃嗎？這裡面總得有一個真。」

「錯，《三國志》裡的諸葛亮，三顧茅廬那年才二十七，比周瑜小了一大截。但到了《三國演義》，諸葛亮老臣謀國，周瑜成了小後生。你說哪個是真？」

毛哥在桌那邊乜斜著一對死魚眼睛。

「你去過雲南沒有？那裡好多少數民族，傳說的是孟獲七擒諸葛亮，同《三國演義》和《三國志》恰好相反。你敢說，阿哥阿妹相信的一定假？」

死魚眼睛仍然發呆。

「毛哥，你別這樣看我。三人成虎是假，眾口鑠金就不一定，一不留神就是真。這裡面有哲學，有大哲學，你得琢磨。」

毛哥起身告辭：「我懂了，文學就是十八扯，跳大神，隨地大小便。反正我女兒以後要是報考文學系，我打斷她的腿。」

他提起工具袋出門，回頭對主婦補了一句：「嫂子，煤氣灶是修好了。但你家裡這個老傢伙，牌也不打了，酒也不喝了，頭髮越來越少，講的火星話我聽不懂，恐怕得去找個法師來收魂。」

主婦往客人工具袋裡塞一包什麼：「誰說不是呢？前幾天他總是找我要皮大衣，也是他小說裡寫出來的吧？哪有這樣一件衣？他又說樓下有牛叫，每天晚上都叫。我怎麼沒聽到？也是他寫出來的吧？我同他說不清，恨不得拿鞋底抽他。你力氣大，有機會也幫我抽，我付你手工費！」

主婦把兔唇客人一直送到樓下。

以下就是另一個L君，即毛小武嘴裡的樓開富。依作者肖鵬的提示和要求，如果讀者覺得這一章與上一章不相容，不妨自行編輯，在ＡＢ兩者中擇其一，刪除另外一章。

還是根據肖鵬的說法，這一章基本素材來自小武，無其他佐證，與事實是否有出入，有多大出入，不好說。即便有出入，只要其他知情人沒寫出來，也無他人代寫，那麼對於讀者而言，事實的更改權便一直無效。

新的一章是這樣的：毛小武曾去馬湘南那裡應聘。馬哥正好也看中了他，想找一個貼心哥們出任信息總監，管住全公司所有的電腦。除少數幾台有特許授權，其他電腦都經過了改造，特別是財務部和研發部的，牽涉ＡＡＡ級機密，在網上都只能下載，不能上傳，更不能拷貝和打印。輸出信號纜線悉數通向公司的總硬盤，由總監一人把控。誰要打印或拷貝，得經老總簽批。這種嚴格保密措施已實施了多年。

坐在一個恆溫恆濕的密室，看住一個總硬盤而已，沒事就看電視打遊戲，既輕鬆又高薪，當然是一份美差。兔唇哥一身武功還可以業餘訓練公司保安，一張臭嘴還常有娛樂效果。他最懂得如何釣魚，如何捕蛇，狗有什麼能耐，猴有哪些習性，天生的動物界代表，打開話匣子最能讓馬總驚奇。

毛媽聽說這事後，高興地做了一罈子酢魚、幾十個鹹鴨蛋、一大包酸乾菜，說什麼也要帶兒子一起去當面酬謝。不料馬湘南出差了，是馬太出面接待的。大概是他們提來的編織袋太土氣，嚇了對方一跳。看上去髒兮兮的酸菜，也可能讓她聯想到棚戶區和農民工，於是兩隻小手搓來搓去，交代下人趕快把東西拿走，又重新打量來客，特別是打量毛哥的兔唇，沒讓他們坐入沙發。

她叫保母臨時去會議室搬來兩張木椅，另外設座待客。

毛媽遲疑地落下一小半屁股。毛哥卻依然站立，緊摳椅背，氣息越來越粗重，肯定是血流呼呼往頭上湧。小條子（此語難懂），馬哥怎麼找了這麼個騷貨？連禮數都不懂，連長幼都分不清，坐一下都要把屁股分個三六九等，是不是事後還要差人洗木椅、刮椅面、噴藥水，乾脆把窮屁股坐髒了的椅子扔出大門？

他想說什麼；不，想喊什麼；不，想吼什麼——但終於半個字都沒有，只是低頭盯住腳尖。

幸好保母發現了一隻飛蟲。主婦張開血紅大嘴大呼小叫，篤篤篤的高跟鞋滿屋子蹦蹦跳跳，帶兩個保母左右合圍，前後夾擊，揮舞早已備好的網籠，好容易捕住飛蟲。她一路高喊不能打，要放生，小心小心千萬小心……最終把落網飛蟲恭恭敬敬請出門去，耐心觀察那小精靈是否飛向了幸福藍天，還趕緊燃上一支香，插入廳裡的香爐，連連拍打胸口，說阿彌陀佛，阿彌陀佛。

一次見面就算這樣過去了。

回家的路上，毛小武一路甕聲甕氣。

「我身上灰多，是不乾淨。」母親明白他的意思。

兒子仍無語。

「人和人不一樣。人家不殺生，信菩薩，也挺好。」

兒子扭過頭去看路邊廣告，看街頭藝人，直到上了公交車，突然同天氣叫上板。「嘿，閻王殿放假了？什麼破汽車，裝豬也不能這樣裝啊。」他一張狗臉說變就變，還與氣象台不共戴天。「前天說降溫，昨天說降溫，降你賊骨子的屁。抽胡說不上稅麼？臭王八蛋，臭不要臉，臭狐狸精……」他一直從車上罵到車下，罵到周邊路人神色惶惶，無不東逃西竄。

後來，他當然沒去馬湘南的公司，也不再接對方電話，只是很久後才回了一條手機短信：

> 你那裡陰氣重，窗戶都打不開，開會還要打領帶，算了。

他與姊合開了一間早點店，不過只維持了大半年。附近的幾家工廠倒閉，食客少了一半，還有工商的、稅務的、衛檢的、城管的時不時來找麻煩。他靠姊姊拉衣袖才沒去打架，靠一些小兄弟接濟和照顧，才勉強撐下來。有一天發現他姊收了一張百元假鈔，氣得大罵你眼睛裡夾豆豉麼，罵得他姊跑出去一夜未歸。直到天亮時分，他才在一個橋洞裡找到對方。幾句軟話說出口，姊哭了，他也哭了，兩人緊緊抱在一起。

「姊，我再也不會罵你了……」

「不，是姊錯了，當時怎麼就沒多捏一下呢？」

「姊，就算傾家蕩產，我也再不罵你了。我保證，再罵我雷公劈死，汽車撞死，癌症磨死……」

姊給了他一耳光，見他呆呆地捂住臉，又撲上去抱住他，左一拳右一拳狠狠砸在他背心窩。

他後來扛過包，販過酒，賣過光碟，當過門衛，開過鏟車，一張馬臉越拉越長，兩顆死魚眼珠越來越暗，目光總是往下沉。用他的話來說，他活得越來越「癟」了，越來越「硌」了。他最不甘心去戴校長那裡送禮，爭取什麼代課機會。但扛不住餓，看不得老娘急，最後他也只能當孫子，臉上擠出幾輪假笑，扛一箱酒進了校長家門。「我們的祖國像花園，花園裡花朵真鮮豔……」他的新工作就是打上小領帶，給一群娃娃拉小提琴教唱。「請把我的歌，帶回你的家……」這些歌他也教過的。

直到在火葬場送別老母，他才決心去找樓開富。聽有些同學說，樓哥是個福星，剛從國外回來，在那邊混得相當不錯，特別是他老婆的律師業務興旺。

黃玉華眼下大號為詹妮弗．黃，在一個五星級賓館的套房包間接待他。她髮髻高束，戴一頂紫色小帽，穿一身緊身低胸套裝，香水味濃濃逼人，差一點嗆得毛哥不敢認。還好，她沒說洋文，讓他放鬆了一些。她又說好多華人即便換了國籍，還是情繫故土，比如經常聚會吃中國飯，唱中國歌，在街頭舞龍舞獅。這些話更讓毛哥踏實了許多。

「頭髮怎麼這樣長？都這年紀了，還不會打理自己。等一下嫂子給你剪一剪。」對方親切地上下打量他。

他嘟噥了一句，大意是謝謝嫂子。

「給嫂子說說，過得還開心嗎？」

「開……開心吧。」

樓開富在一旁糾正：「這話說得。開心還急吼吼地要移民？」

毛哥想了想：「對，不開心，很不開心。我都快瘋了。」

樓哥又笑：「你以為人家國外歡迎瘋子？」

「對，」他苦笑了一下，「我這嘴，就是不會說話。」

詹妮弗設置了桌上的沙漏計時：「沒關係。這樣吧，事情其實也並不複雜。你是想做投資移民？還是技術移民？還是……？」

毛哥怕自己再說錯，求助的目光投向老同學。

樓哥說：「他哪有什麼投資？技術嘛，連本科文憑都沒有。小武，你那把小提琴也好久沒怎麼拉了吧？去地鐵賣藝也懸。」

「那是，我現在手上都是腳趾頭，頂多油條三級、饅頭四級，開個早點店還行。」

「真有意思。」詹妮弗大笑，翻動桌上的文件，「毛先生，這就是說，你只能申請政治移民了。是嗎？這樣你就得考慮一個申請理由。」

「理由，就是不想在這裡混了唄。」

樓哥輕輕踢他一下，示意這一句同樣不行。

「你們是高人，好，好，你們教我怎麼說吧。」

女人又笑了：「這樣吧，我這裡有各種申請書的模板，簽約以後我就發給你，你選一個合適的。只要讓移民官相信你確有人道危機，就行了。」

「危機？」毛哥的死魚眼睛漸漸放大，「我危機多了去了。那些人動不動貼封條，端鍋，扣車，抬冰箱，收執照。我去代課，單車被撬走，打球摔個骨折。你說說，怎麼就喝一口涼水都塞牙？我靠，老子真是開眼了，到處都是假校長、假大夫、假警察、假記者、假和尚、假乞丐……」

樓哥嫌他囉唆：「雞毛蒜皮不要扯了。依我看，你那年不是進過勞教所……」

詹妮弗對丈夫瞟了一眼：「什麼呀？刑事問題別談好不好？移民官要的是政治啊，宗教啊，種族啊……」然後她交給毛哥幾頁紙，「這些材料你回去慢慢看，不用急。不明白的地方，就來問我，問老樓，都可以。你自己找個有文化的給你講解，也行。現在你只需要決定：辦還是不辦。辦，就簽約交錢。不辦，就當沒這回事，該吃吃，該玩玩。抱歉，我還有個約，跟僑辦領導見面，得先走一步。」

詹妮弗快刀切瓜嘎嘣脆，對毛哥的胃口。他忙說我辦，當然辦，必須辦，隨即去律師助手那裡交錢。

助手收了五百美金，說正式申報後再收兩千。

毛哥聽得心驚，還是點了點頭。

晚上回家，他把那些模板材料翻來翻去，卻沒怎麼看明白。說宗教迫害，說種族迫害，故事都精彩，只是對於他來說風馬牛。計畫生育迫害當然與他的三口之家也沒關係。刨去這些七七八八，只有政治還算塊肉，上得了砧板。對，他也政治過啊，比如給陸一塵當攝影助理，拍過垃圾村、按摩屋什麼的，被陸哥拿去發表了——其實沒賺幾粒米。是不是被陸哥黑掉了，也不清楚。後來，就因這點小事，戴校長不但不賞識他的才華，還說他「抹黑現實」，闖下了大禍，得拿錢去上面找人擺平——這不就政治了？他只是衝戴校長拍了桌子，就被扣發三個月獎金，再一次丟飯碗，那還不算政治？

有點疑惑的是，依照那模板，他吃的苦頭似乎遠遠不夠，得活得更慘一點才行。就像幾個案例暗示的：他的照片，所謂獨立攝影，最好是一開始就沒發表，根本不能發表，送到哪裡都遭封殺和查扣，因此只能拍成微縮膠卷，藏入內褲或鞋底，躲過警方搜查，偷偷帶出國境。不，也不能那樣，他最好出不了境，最好被警方抓過兩回，留下臂上的鞭痕，經歷過水牢或電刑，被男囚犯雞姦……

毛哥揉了揉眼睛，把案例重看了好幾遍，還是頭大。他覺得自己已夠慘了，還要被兩三個傢伙摁在床邊硬肏，多沒面子啊。這些事若傳出去，自己就算掙上了美金，也沒法出門吧？

他連夜致電樓哥，想問清到底是怎麼回事，是不是自己豬腦子理解錯了。

不料對方說老婆剛才摔了一跤，正在醫院做檢查，請他稍後再打。深夜兩點左右，他第二次打電話，樓哥說詹妮弗還得檢查脊髓，看能否排除遺傳方面的原因。這樣，毛哥直到次日才有機會與老同學通上話。

「申請庇護不就得這樣嗎？」樓哥笑了，「好多人都是這麼辦的。其實也就是說說而已，別太認真。你拿了卡，入了籍，該幹啥幹啥，照樣可以愛國。你看看人家尉遲老師。」

這是指一個美籍華人，兩天前樓哥帶毛哥見過的。那時尉遲氏公司裡插有好幾個國家的國旗，牆上有政府頒發的中文獎牌，表彰他資助辦學。

「你的意思，哇唧哇唧一下沒關係？」

「你是自由的，你自己選擇。」

「這麼說……我也要被肏一下？或者整他一個假病歷？」

「話不要這麼難聽嘛。這不是沒辦法嗎？你一無投資二無技術，又不願排隊等勞工卡，那怎麼辦？你怎麼就一根筋呢？」

他有點急：「樓哥，我要是說錯了，你可別生氣。你老兄，大班長，大道理比哪個都講得順溜，但到頭來也當個人販子，偷雞摸狗打地洞，專往屁眼裡摳糞渣，連中國連米國一起矇啊？……我真是服了你了。莫非那些模板都是你們編的？你就沒參加編嗎？這在江湖上叫裝神弄鬼，叫欺師滅祖，懂不？」他搖搖話筒，再撥一次號，「喂，你怎麼就掛電話？這怎麼是小事呢？你什麼錢不好賺，要賺這種錢？米國那麼發達，那麼好，怎麼就沒把你們教好點？你別生氣。你，樓開富，你，黃玉華，要錢有錢，要文化有文化，至少比我這種無業遊民要高一撮撮吧？中國的五穀雜糧餵了你們幾十年，不是從狗嘴裡餵的吧？三天不見，牛頭馬面，天上掉下一個詹妮弗，不就是黃玉華嗎？黃天霸的黃，玉石的玉，中華的華。一個小學的留級婆，給老子玩什麼八四八……」

樓哥也冒火了，「毛小武同學，告訴你，是你找我，不是我找你。你都差一點偷渡了，什麼時候倒學會了唱高調？」

「老老老子不辦了，可以吧？」

「完全可以，OK。」

對方又掛了電話。

毛哥再次把電話打過去：「退錢！」

「什麼錢？」

「預付金。」

「哦，那是另一碼事。你說了不算，得我太太說了算。」

「不辦了，還還還他媽不退錢？」

「你這種法盲，好像從不知道契約是怎麼回事，不知道法制是怎麼回事。」樓哥脫口便是 You stupid Chinaman——他一直勸老婆不要這樣粗口，沒料到一急眼，自己也管不住嘴。

第二天一早，毛哥同老婆說到預付金，吵了幾句，心情很壞。去賓館要錢，一路上反覆叮囑自己要忍得，要忍住，今天就算憋到嘴臭也得忍，但真被詹妮弗的助手擋駕，真被賓館幾個保安驅趕，連樓哥也沒見上面，還是紅了眼。這孫子，寶馬車明明就停在樓下，他如何躲在褲襠裡不出來？他覺得那車辣眼睛，忍不住踢一腳，踢痛了腳尖，更是氣不打一處來，掄起磚塊便往下砸。

四個保安瘋了一樣跑來，把他一陣風撲倒在地。

「抓人販子啊，抓騙子啊，抓——」他躺在地上時還撲騰不已。

「你還咬人？你找死真會挑地方啊。」一位保安死死掐住他脖子，掐得他翻白眼，掐掉了他的下半句。

不用說，他被扭送派出所，因擾亂社會秩序，獲拘十五日。民事訴狀也接踵而至，指他損壞私人財產，把車前蓋砸壞一塊，按保險公司規定，責任方須賠六萬三。

老天爺，這麼貴？他老婆來看望他時，兩眼已哭成了紅桃子，說他家汽車是金子打的麼？把我們全家三口一起剁了，也賣不出這麼多啊……「警察同志，這個數字肯定是搞錯了，保險公司把責任全推給我們，肯定搞錯了！」

一位警察說：「你運氣夠好啦，大姊。你砸一輛蘭博基尼看看，那就不用問，趕緊回家賣房子。」

「我老公就是性子粗，」她向警察求情，「他也就是跟老同學鬥鬥氣，常有的事，沒想搞破壞……」

「性子粗？我看他硬是個死卵。」警察一聲冷笑，「你用腳趾頭也能想明白，把那些人都送到國外去，多好的事啊。人們外國反正有錢，收走一些臭蟲蚊子，給我們減輕了負擔，改善了環境。你還去砸人家的車，腦子長毛了？生蛆了？要是換上我，肯定去敲鑼打鼓送錦旗，代表政府去請他們喝酒！」

老婆看了毛哥一眼。兩人都有些懵，沒怎麼聽懂。

小武獲釋的前一天，樓哥卻不知為何悶悶地來了。他脫下大衣，解下圍巾，坐在接待室裡喝了幾口礦泉水，肺腑充分平靜後才瞥來一眼，說我們要回去了。

「你誰啊？」

「美國的醫療條件好些，詹妮弗的脊髓需要去複查一下。」

「你誰啊？」

「我是騙子，是美帝國主義，不是嗎？」樓哥冷笑一聲，把一個文件袋重重甩在桌上。大概是甩重了些，袋裡的東西滑出來，有幾張美鈔和一紙文件，好一陣才可看清是一份撤訴書的附本。

「少來這一套，老子賣肝賣腎賣卵子也賠你。」

「小武同學，我不是來同你吵架的。世界沒你想的那麼簡單，也沒你想的那麼陰暗。你好歹也有個大學肄業，有點文化好不好？睜開眼睛，看一下這個世界，好不好？紫羅蘭和玫瑰花顏色不同，但可能同樣芬芳。記住，這可是馬克思說的。」

「我們不一樣。」

「是不一樣。那也沒關係。」

「就是不一樣。」

「當然……好吧……」樓哥憋紅了脖子，手上的水瓶有些顫抖，「告訴你一個秘密。我有一個在美國的遠方親戚，入籍都二十多年了，但她現在一開口還是經常說『他們美國人』如何如何……」

「那又怎樣？」

「也許沒必要分出我們他們吧。說實話，我也入籍了，但我不還是我嗎？我還是不止一次為我們……」

「說。」

「……不說了。」

「有屁就放！」

「沒意思，沒意思，我不想說了。」

樓哥眼睛紅了，看一看鐵窗，踱了兩個來回，好像說不下去，再怎麼說也沒用，於是拉開門，扭頭走入長方形的一片陽光。

他剛才想同小武這個二百五說什麼呢？

他是不是想說那一次在國外開車送貨，他灰頭土臉路過一條樓道，遇一個華人女歌手在那裡試音，大概是準備給某個聚會獻唱？他是不是想說，當「哥哥你走西口……」升起，歌手的高音突然直刺雲霄，竟讓他全身一緊，莫名其妙地淚水奪眶而出，掩也掩不了，止也止不住，一塊過期免費的三明治根本嚥不下去？

誰能告訴他，他那時怎麼啦？他早已變更國籍，也不大懂音樂，並不知道歌手唱的哥哥走西口是什麼。但那一刻他怎麼就丟了魂，淚腺被一道音符輕易擊破？

直到走出拘留所，他也沒說什麼，而且不再回頭，似乎很多事已成為隱私。他不會再有剛才的失態，不願在任何人面前可笑地多愁善感。

第十三章

古代雅語

不要說外語系和藝術系，就是與其他系比，中文系也顯得多幾分土氣。大概是鄉村學校大多缺少實驗室、標本室、錄音機、室內運動場之類，那麼學中文最方便，有幾本書，有筆墨，就夠了。於是考中文系的窮學生多，鄉村生源比例大。他們的宿舍裡多見大棉被，疊起來再怎麼壓，還是肥大張擴，太占視野。還有古老的木挑箱，帶銅鎖和套繩的那種，有點地主老財的味道。每到寒暑假結束，這裡的農副產品也是特色，花生、瓜子、紅棗、板栗、紅薯片、糍粑……很多寢室都像鄉鎮展銷集市，一派農家豐收景象，一張張門多有歡聲笑語的進進出出。

大概出於同樣的原因，這裡說話也多是口音重，五花八門的各地方言，讓大一的語音課成了鬼門關。光是一個普通話訓練，光是一句「老李買了兩把好雨傘」的變聲例句，就成了好多人的口腔酷刑，折磨得舌頭抽筋，涎水橫流，目光發直，恨不得左右手腳全上，把嘴裡那個可惡的聲值曲線，齊心合力扳上去又扭下來。

這樣，每到課餘，校園僻靜處都少不了中文系的奇聲怪調——據說方言多是古語，甚至多是古代雅語，那麼奇聲怪調也就成了一幅古代儒林苦讀圖。

老李買了兩把好雨傘……

八百標兵奔北坡，炮兵並排北邊跑……

偉大的祖國啊，我的母親……

如此等等。

教學樓的上方，綠林深處有一個忠烈祠，埋藏了抗日戰爭時期的數百官兵，留下了蓬勃荊藤和陰濕青苔。有些中文生早晚來此練聲，憋出國際音標裡各種奇怪音位，普通話裡也未見的彆扭，口舌處從未有過的探索，嚇得鳥雀驚飛四散。附近農民還以為山上鬧鬼。即便他們後來知道不是鬼，還是餘悸未消。「原來是國際音啊……」有人以為國際人就是這樣說話的。

他們怎麼就不好好地說人話？

這些苦讀者裡，史纖算是讀得最賣力的一個。他來得最遠，據說在路上花了四天，換船換車好幾次，才把一口遙遠的家鄉話帶來校園。語音課上，他被老師點名，誦讀「偉大的祖國……」。大概是有些緊張，緊張到四大皆空的地步，他沒聽到老師打斷叫停和請他坐下，更沒聽到同學們憋不住的笑聲，一直兩眼直勾勾望天，鍥而不捨往下背，憋完最後一個字才有目光落下，很有信心地享受餘音繚繞。

「有進步，史纖同學很有進步。你們都應該鼓勵他。」

但此後老師再也不敢讓他背，怕他耽誤時間，怕他擾亂教學氣氛，對他的高高舉手總是視而不見。

他偏偏喜歡背誦，喜歡詩。他改掉原名史供銷，換成「史雲」，換上「史纖」，就是覺得後者更富有詩意。他一張黑方臉，目光銳利逼人，積有幾塊隱約的汗斑，頭髮硬戳戳的呈爆炸狀，長出了滿頭的堅硬和倔強，但詩確實寫得不錯，在報刊上發表過若干豆腐塊，有「田園詩人」、「短褲詩人」、「酸菜詩人」的聲譽。只是一些校外詩友慕名而來，不太懂他的話，離開時不免有幾分掃興。

然而他總是興沖沖，有一次送走客人後，在熄燈後宣布：「我這位朋友是做大買賣的。你們以後要結婚，要蓋房子，他可以提供最好的棺材。」

室友們在黑暗中嚇了一跳。

「你們要多少，他就有多少。」
這不是要滅門絕戶十室九空嗎？
其實，「棺材」是誤讀的「鋼材」。知道這一點後，大家才笑岔，一口氣好容易接上喉頭，把各自的床板擠壓得吱呀吱呀。
有時候，他即便咬準了發音，卻用語仍是別出一格。比如人家說「不鏽鋼」，他說「沒鏽鋼」；人家說「打火機」，他說「點火機」。這就不是方言問題了，也談不上錯。還有人家說的「不用」或「甭」，到他嘴裡成了「毋庸」，據說就是他老家的話，倒是更顯古風，一張嘴好像來自〈清明上河圖〉。
這一天，他鄉下的妹妹來了，是進城找工作，報考幼兒園的老師。他給妹妹打飯，打熱水，說他們的老家話，還在床上兩端布設枕頭，看樣子要讓女子上床過夜。
他沒吃錯藥吧？不是開玩笑吧？全寢室四個上下鋪再次吱呀吱呀，一張張臉都從蚊帳裡探出來。睡在他上面的樓開富已舌頭僵硬：「史纖，史纖同學，她今天睡這裡？」
「是啊。」
「拜託，這是男生宿舍。」

「怕什麼？她是我親妹。」

「喂喂，」斜上方的陸一塵也慌慌戴上眼鏡，把腦袋探下來，「那我們怎麼辦？」

「她同我睡，又不同你睡，關你什麼事？睡吧睡吧，我關燈。」

「史哥你害人沒商量啊？等一下保衛處抓非法同居，老子一世清名毀於一旦。」肖鵬開始穿衣，挾上枕頭，看樣子要出逃避難。

對面的毛小武則近乎央求：「史哥，我腳臭，還放屁，還磨牙，你妹子她肯定受不了。」

史哥一臉困惑，看看上下左右各位：「沒關係，腳臭算什麼？我們那裡修水庫，一個大廟住幾百號民工，男男女女打一個大地鋪，比這裡要擠得多。誰不看見誰？打鼾放屁還少得了？放心，沒問題，她不怕臭，在村裡餵豬餵牛，天天聞慣了……」

他妹從盥洗室回來，已脫掉外衣鑽入蚊帳，嚇得大家如坐針氈。最後，是樓班長穿衣出門去找林欣，好說歹說，讓林欣帶他妹去了女生宿舍。

那一次史哥陪妹妹忙碌了五六天，普通話就好像丟掉了一大半。他妹走後，他抱怨妹子辜負了大家的幫助，考試時「雨燕摸古怪（語言沒過關）」——這一句誰也聽不懂，差不多是秦朝的波斯語、漢朝的阿拉伯語。他事後比畫出白費盤纏的大意，大家才啊了一聲。

不過令人不解的是，他對妹子一臉不屑，好像自己去的話肯定能「古怪」，其信心不知從何而來。

一句「雨燕摸古怪」，後來一再被陸一塵模仿，很讓史同學生氣。那卷毛鬼還一再拿留宿事添油加醋，一口一個「鄉里鱉」，好像鄉里鱉腦子裡都缺零件，公的母的都是從山上捉下來的猴。這是什麼鬼？他自己心不正往邪想，一想就想到褲襠裡，齷齪下流有辱斯文無出其右。至於說到租房，那不也是想顯擺一下他城裡人的幾個臭錢麼？呸，鄉下人是窮，是租不起房，但如果沒有幾億鄉下的野猴子，你們城裡人吃什麼、穿什麼？把鈔票炒著吃、連著穿、攢在箱子裡生崽崽？你們的普通話講得再好聽，不還得餓死和凍死？

還有你們那幾個班上的前知青，肖鵬，林欣，趙小娟……也就是在鄉下混個三年五載，就多大冤多大仇似的，在《朝暉》上一把鼻涕一把淚，把鄉下寫成了地獄。想一想，他史纖是從地獄裡冒出來的綠毛鬼？幾億綠毛鬼在鄉下過了一輩子，算上先人的話，就是過了幾十輩子，不也活下來了，同你們說過什麼嗎？

就憑這一條，史哥也絕不給《朝暉》寫稿，讓三〇六的周主編一次次失望。

相反，他是一個詩人，聞名四鄉八里的大秀才，既懂新詩又通舊體，既能寫祭文又能開偏方，還當過一年多生產隊長，他就是要寫鄉下的好，鄉下的樂，鄉下的乾淨和自在，鄉下的春種秋收和天高地廣。他因此變得更加不願說話，更願一個人去忠烈祠獨來獨往。

在他的筆下，家鄉的空氣是甜的，泥土是香的，樹葉和藤蔓是會笑的。田埂上一條狗給他叼來了一隻野兔。老牛在河洲大叫牠剛發現的一隻烏龜。還有那次他和妹在山上迷路了，天亮時分醒來，發現自己睡覺的地方有一枝野人參，挖出來一看，足有兩斤多，村裡人都說那是山神娘娘的貴子十月懷胎成了形……他在人群中鑽進鑽出，不知道有多得意。

「你笑什麼？」樓哥看了他一眼，「你沒事吧？」

他懶得搭理，蜷縮在床上，繼續在小本子上寫寫啊寫。

放暑假，室友大多回家，只有他決意省盤纏，留在城裡打零工，仍住三〇七。有一天，陸哥帶來一妹子，求他讓一讓房間，至少讓兩個鐘頭。

「這可是你說的，」他逮住機會了，「這裡只能睡公的，母的不行。」

「求你了，好不好？」對方偷偷塞來兩塊錢。

史哥最恨別人動不動給錢，揚手把鈔票打飛：「幹什麼？你票子大些？把我當叫花子是不？」

「不是，不是，合理補償麼。」

「你有錢怎麼不去開房？有電梯的那種，上上下下多好玩。」

「開房，不是要結婚證麼？」

「你原來是耍流氓啊。小子，這在我們鄉下是要站台子的，要抽嘴巴的。女方一家來鬧，鬧得你陸家的家神往狗洞裡鑽。」

「別說得那麼難聽。現在時代不同了，這人和人的情感，有時候總有點……那個……對不對？史哥你最高風亮節，最有菩薩心，最急人危難。」

戴了幾個高帽子，史哥這才舒緩了一點：「好吧，你們睡你們的，反正房子夠大，我不管，也不看。」

「那不行，那怎麼行？那不成了第三者意念插足……」陸哥的五官扭成一堆，相互痛苦地揪扯，差一點要下跪。

「那好吧，你求求我。」

「當然求你。」

「喊一聲爹。」

「爹，親爹，親祖爹！」

「做這號虧心事，我就算做爹也要折壽，沒什麼意思。」

陸哥抓住對方的手握了又握，一把擁抱對方。史哥嚇得掙脫出來，退了兩步，拂了拂胸襟，抄一把蒲扇趕緊走人，好像他最終不是被說服了，是被對方香噴噴的擁抱嚇跑了。

此時各寢室基本上都關門上鎖，偶有一兩間亮了燈，卻沒史哥認識的人。他去運動場的石凳上睡了一會，被蚊子咬得扛不住，又去圖書館的石階上睡了一陣，還是蚊子多。看斗轉星移，估計該差不多了，便回三〇七敲門。門內叮咚咣噹一陣忙亂，有手電光一晃，陸哥亂蓬蓬的卷髮露出門縫：「你怎麼就回來了？」

史哥疑惑：「還沒完？」

陸哥氣得咬牙：「人家這麼晚了，還回得去麼？」說完從門縫裡塞來一片單車鑰匙。

這算是追加賄賂。史哥只好去取了車，在路燈下打發後半夜。他的車技在這一夜有所提升，雖摔了十幾回，摔壞了車鈴和鏈殼，剮蹭得手背上流血，卻終於學會了左轉彎，以後不用動不動就抱電線桿了。

早晨，史哥還了車，目送一對狗男女下樓。不過，回到自己寢室時，他總覺得房子裡到處都不對勁，是不是心理作用，不好說。他去打水，嗅一嗅自己的臉盆，更是怒不可遏。作孽啊，陸一塵，你這個賊養的傢伙，拿我臉盆做什麼了？你們一對騷貨哪裡不能打滾，滾到堂堂學府裡來算哪門子事？

當然，自有了這一回，陸哥對他客氣了許多。有一次，肖鵬被蜈蚣咬了，一隻腳又紅又腫，打針未能見效。史哥把兩隻手合成雞頭狀，對準傷口先是一啄，然後一抽，再來一甩，如是三番，同時嘴裡學雞叫，接上子丑寅卯辰巳午未申酉戌亥，讓肖哥哭笑不得，卻得到陸哥的理解和大力辯護。有什麼好笑？蜈蚣最怕雞。史哥學雞叫，模擬雞頭，就是化心理能量為物理能量，再加上十二地支的地質能量……多有道理啊！

陸一塵誘導肖鵬：「喂，是不是好多了？還不趕快謝人家？」

「鬼，還是痛。」

陸哥不屈不撓：「痛就是痛，不痛就是不痛。你給我說實話。」

「我剛才說了麼……」

「剛才是剛才，現在是現在。痛沒關係，大不了就去上麻藥，割一刀，再不行就為國捐軀英勇就義。問題是你得對自己的話負責。你一不是小孩，二不是女人，七尺男兒得有個男兒樣，說一是一說二是二……」

對方更蒙了，不知該如何說。肖鵬後來說，好像再說痛就是冒天下之大不韙，只好改口算了。

「看看，看看！史半仙意念拔毒，妙手回春，還真不是吹的！」陸哥這才心滿意足，一拍大腿，去其他寢室廣為告知。

這當然讓史哥高興，接下來的幾天，他不再形單影隻出門，而是搖一把蒲扇到處串門，這裡坐一坐，那裡笑一笑，看是否還有人在討論蜈蚣，是否還有人需要救治。

大概是受此鼓舞，他不久後又為女生解了一難。事情是這樣：女一舍東頭靠山坡，據說每到半夜就有腳步、咳嗽、哭泣、吹口哨的聲音，嚇得靠東幾間房的大多睡不著，被子蒙頭也不行，嚴重影響了學習。這其中就有林欣、趙小娟、徐晶晶等。繼學校保衛處三番五次的夜巡，史哥也去那裡看過，並未發現異常。就是說，既沒發現老鼠洞和狐狸洞，也沒發現可疑的大腳印。要說鬧鬼吧，這棟樓建了好多年，怎麼早不鬧，晚不鬧，偏偏這時候鬧？大家最後的結論，是女生們純屬扯淡，自己嚇自己。

史哥穿一條大褲衩，負手出門而去，對姊妹們的睡眠不能不管，特別是林欣幫過他妹，買過毛巾和水杯，還輔導過他的普通話，一份人情不能不報。他在那裡吐了幾口痰，回頭對林欣說，莫怕，莫怕，看我的。這種事，我當隊長時見得多了。

不一會，他不知是從校園林隊還是附近農家，挑來了滿滿一擔大糞，挑到東頭那個角落，操起糞瓢好一陣狂潑，濃濃的糞臭立刻瀰漫四方，把籃球場上的學生都熏得一哄而散，一個個捂鼻狂逃。

樓哥忙趕過去：「你瘋了麼，史纖同學，你這是幹什麼？」

對方已挑來了第二擔，興沖沖地捲衣袖：「人還能被尿憋死？我今天倒要看它鬼在哪裡，看它還敢不敢來！」

「胡鬧，你快給我住手！」

「你站開點，莫汙了你的鞋。」

「還潑，還潑，你你就不怕引起公憤？」

喊是這樣喊，班長還是被一瓢糞潑得後退好幾步，事後把鞋子洗了又洗，一塊肥皂頓時小了兩圈。

不用說，這一事令校方震動。樓班長奉令迅速召開班會，嚴厲批判史同學荒唐至極的封建迷信，追究他對環境的嚴重汙染。「……你說怕鬼是迷信，那好，你靠潑糞來驅鬼，就不是迷信？是不是更大的迷信？這不是一百步笑五十步嗎？

恐怕是五百步笑五十步吧？……」班長帶領大家重溫了上級關於提倡科學的指示，還有全國青年代表大會反對愚昧提倡科學的倡議，從陳景潤講到李四光，車載斗量的道理，講得既明白又深透，口氣中透出痛惜，「史纖同學，你呀你，你不是活在舊社會，也不是在鄉下當隊長，不是活在你那個十八丈坪。你是誰？你是一個大學生啊，一個新時代的大學生啊，怎麼能開這種國際玩笑？你看你，不請示，不彙報，毫無組織紀律，把校園裡搞得烏七八糟，成了一大笑話。你不光丟了你個人的臉，更重要的是丟了整個中文系的臉啊。」

另一學生幹部姓侯，班黨支部書記，也很著急，說先是意念療傷，已夠邪的了；好，現在還來了個大糞驅鬼，人家數學系的、物理系的、化學系的、生物系的會怎麼說？還以為我們只會跳大神，一個中文系讀來讀去，讀回到原始社會和石器時代了。真不像話！

史同學橫了他們一眼。

「這事太嚴重了，我們黨支部和班委會反覆研究，已一致決定，你必須就此事寫出公開檢討。」樓哥頻頻敲擊桌面。

史同學扭頭看窗外，堅持不回頭。

「你啞巴了？睡著了？怎麼不說話？」

「說話？慣死你們。」

「你不說，那就是理屈詞窮，就是裝傻充愣。你不要以為這裡是渣滓洞白公館，把你的牛脾氣用錯了地方。」

史哥忍不住一轉身，手指對面的林欣：「你為何不問問她們？林欣，你站起來，你說，當著大家說，昨天晚上還有鬼沒鬼？」

林欣嚇了一跳，怯怯地看看大家，只好如實相告，說昨天晚上動靜倒是沒動靜了，只是有點臭……

史哥不知眾人在笑什麼：「笑什麼？有什麼好笑？事實勝於雄辯，群眾的眼睛是雪亮的。你們那麼多人，保衛處的、後勤處的、黨委辦的，吃飯都能圍上好幾桌了，科學來科學去的，解決了嗎？」

樓哥一時語塞。

「把以前的老住戶也都請來了，問來問去，解決了嗎？」

樓哥看看侯書記，對方也撓頭，一時不知如何發動反擊。

「告訴你們，上香，灑雞血，潑冷飯，做道場，那才叫迷信，那才是唯心主義世界觀。我們是誰？是人！人活一口氣，肝膽兩乾坤。是人就不能怕鬼，就不能迷信。鬼來了怎麼辦？操起板凳劈它，找根繩子捆它，幾擔大糞臭死它。同學們，一切妖魔鬼怪都是這樣打倒的，人類文明就是這樣發揚光大的。這才是科學！」

前幾句還讓人聽得順耳，聽得來勁和勵志，但他最後落在「科學」，差點把樓哥氣暈，也再次引來滿堂大笑。幾個好事者拚命鼓掌。陸哥更是笑得半口水噴了出來，連連拍打膝蓋：「說得對，就是要敢於同鬼做鬥爭，我們堅決擁護史哥的科學研究！」

不知誰也跟著起鬨：「班長，實踐是檢驗真理的唯一標準，這話沒錯吧？」「不管黑貓白貓，抓得住老鼠就是好貓啊。」這些話一聽也都是故意抬槓。

會議只得在一片吵鬧聲中草草收場。

不過，受史哥連累，全組十幾位男女承擔善後之責，去清掃他的科學實驗現場，提的提水，刮的刮地皮，撒的撒石灰，盡可能消除餘臭和驅殺糞蠅，以平息女生的不滿，也盡快平息理科生們的嘲笑。史哥撒得袖口和褲腿全是石灰，一個大花臉上滿是悲憤，說哪裡臭呢，哪有你們穿尼龍襪子的腳臭？哪有你們城裡人的汽油臭？他衝著林欣說：「你自己脫了鞋子聞聞，看哪裡臭？」

林欣氣得潑去半桶水：「脫你個頭！」

記得不久前，有個女生趕體育課太匆忙，沒來得及換鞋，一個踢腿動作，把一隻淺口皮鞋踢飛了，一個拋物線劃出，剛好砸中史同學的腦袋。依小說家們的通常做法，這個細節當然也可移植到林欣身上，挪用在此時此地。

於是，在這篇肖鵬所寫的小說裡，史同學拾起那隻女式鞋，戳到同學們的鼻子前，說你們自己聞，你們自己聞。

氣得林欣連那隻鞋也不要了，走路一高一低，揚長而去。

第十四章
情懷案

在小說的下一程，史纖也被肖鵬改寫過好幾次。

有一個他古漢語科目考出了全系最高分的故事，有正面勵志意義。有一個他與食堂女廚師交往的故事，稍加渲染也能成為葷料和賣點。還有一大堆他老家的故事，富有鄉土風味和神秘感，雖有些讀者不一定喜歡，但年長讀者可能就好這一口，某些西方人士也可從中獵奇，一見異國情調便眉飛色舞。肖鵬在文科院校混過這麼多年，對此套路還是略有所知的。

把史纖最終寫成下面這樣，並非出於肖鵬的權衡，而是有幾分不得已。他寫著寫著，發現小說其實常有自己的慣性，比如人物關係一擺，情節就只能這樣走；口氣一定位，故事就只能這樣講。一般來說，前面出了個命案，後面就非破案不可；前面冒出個美女，後面若無三角、無情變、無要死要活，好像就有點過不去。

這就好比上了跑道，就沒法去游泳了。前面有了車馬炮，後面就接不上黑白子。

也就是說，到底是人寫小說，還是小說寫人，這事並不是很清楚。各種因果關係也交錯複雜。肖鵬曾與幾個文友討論過這事，卻一直沒什麼結果。那些人都覺得他迂，鑽牛角尖，冒書生氣，更懷疑他戒酒戒出了性格變態。

他們好像更喜歡聊版稅，聊評獎，聊文壇八卦，聊足球和古董，好像聊文學本身反而稀奇。事後還有人給肖鵬打電話，說他如果願出三十萬運作費，那麼拿個××新人文學獎大概不會有問題。

如果他嫌貴，二十萬也行，甚至十萬也行，雖拿不到獎，但受託方可上軟件，上機器，給他漲粉、點讚、打分，先把兩百條鑼鼓帖轟上去再說。

肖鵬說，我有三十萬蒙古幣，夠不夠？

對方趕緊掛了電話。

其實，肖鵬不是缺錢，也不是不想爆紅，只是完全被自己的小說套住了，準確地說，是被前面已有的部分拿定了。他的自由早已不多。換句話說，他在棋盤上既然已擺下了陸一塵、馬湘南、毛小武、樓開富這些黑白子，史纖就不能成為車馬炮，更不能是跳子棋或五子棋，即便想走雞湯路線或狗血路線也來不及。

這樣，肖鵬就只能讓史哥繼續走下去，走入這一天空蕩蕩的教室。那些天因故停課，教室就是這樣清冷空虛。一些本來就厭學的，對考試苦大仇深的，都樂得不來上課了，盡享樊鳥出籠的自由。另有一些分數黨、苦讀派、分數積攢家、連老師咳嗽都不放過的速記員，雖不贊成停課，但也不一定進得了教室，常被憤青們阻在教學樓下。

地上一條粉筆線，封住了大樓入口。還有粉筆字：「跨過此線者皆為學賊。」樓開富跨過線時就挨過罵，遭遇過揪扯和推搡，進教室後還發現自己少了一顆衣扣。「豈有此理，簡直是一群土匪，法西斯！」

他氣得臉上紅一塊白一塊，說憑什麼不讓進？這教室是他們爹媽買的麼？老子偏要來，怎麼啦？咬我的卵？要自由就大家都自由，憑什麼上課的自由就不是自由？

他後來還用粉筆頭在「跨過此線者」前面加一「不」字，但那一更改沒保留多久，午飯後又被什麼人擦去了。為此他與對手們反覆過招，一會兒你塗我又擦，一會兒我擦你又塗，來來回回鬧了好幾輪。

他與樓開富突破粉筆封鎖線，照例來搶占座位，照例課前預習，對作業答案，估計期末考試範圍。但第一節課的下課鈴響了，他們發現教室裡還只有五六個人，也沒等到老師，不知老師是被阻擋在粉筆線外，還是沒打算來。還好，第二節課的外國文學老師來了，不過也許是教室裡稀稀拉拉，非常影響授課情緒。老師在台上無精打采照讀一沓講稿。「十月革命一聲炮……」他指頭蘸一下口水，翻過一頁紙，「翻過來響……」

史哥差一點以為俄國的大炮在摔跤，後來才發現「翻過來」不過是老師自我描述翻頁動作，與課本內容無關。接下去，「高爾基的世界……翻過來觀……」也是類似情況，一個「觀」字遠遠落在蘸口水的動作之後。

史纖忍不住打斷，「老師，『翻過來』你就不要說了麼。」

「我說了麼？」

「你都翻過幾次了，害得我這裡……」

老師自己並無感覺，也不覺得對學生的筆記錯亂負有責任。

從這樣的課堂出來，史纖對外國文學不無失望，對虛度光陰荒廢學業更是惱火。在他看來，學子們千里迢迢盤錢費米來讀書，卻成天在課堂外瘋，一個個自以為英雄，其實都是一些城裡崽吃飽了撐的。作孽啊，坐公交車要錢，在街上喝水要錢，甚至上公共廁所也要屎尿錢，一天天鬧騰下來，都是你們爹媽的血汗錢，花在哪裡不好？他尤其不理解眼下有些同學為何那樣多事，一鬧成了三，三鬧成了九，越鬧事越多，甲乙丙丁加減乘除，一個刺樹蓬子讓人暈頭轉向鑽不出來。

他不是沒見識過舞會，有什麼稀奇？無非是一男一女，半摟半抱，扭扭捏捏，好像要怎麼樣，其實又不能怎麼樣。既如此，這種二流子舞在他看來禁了也好，禁了省心，校方並沒什麼錯。他也不認為食堂的伙食差到哪裡去了，不覺得肥豬肉有什麼不好，要被趙小娟、林欣這些城裡妹恨成那樣。鄉親們買肉還專挑肥的要呢。肥的好吃，肥的扛餓，肥的潤腸子，放在舊社會只有地主老財才吃得上。讓他們吃上兩個月苞穀渣看看，他們還會不會丟肉片？他父親當年嚼紅薯藤，就瞪大眼睛憧憬過未來，說以後只要有飽飯吃，那就是天天當皇帝，哪個還要菜，不是人屙的。

現在的兔崽子們不但要吃菜，還不把白花花的肥豬肉當菜了。

他走過理化樓，見一些學生爭議如何選代表，便惡狠狠擠入人群，大喊一句：「孫悟空當代表最有資格！」

人們莫名其妙。

他走向另一圈人，見一陌生女子在那裡演講，便接過話頭呼應：「說得好，說得對，女權主義就是好，白骨精必須平反，狐狸精必須昭雪，哪個再敢說世上最毒婦人心，就是人民公敵，拉出去斃了！」

人們也聽得大皺眉頭，把他當成一個怪物。

這大褲衩哪來的？如此狂言妄語，一點都不嚴肅，不是純屬搗亂嗎？待人們回過神來，七嘴八舌找他理論，他卻根本不聽，只管自話自說，有時瞎扯一通李白和蘇東坡，然後得意洋洋宣告「完了！」

意思是他說完了，舞台可以落幕了，散場音樂可以響起。

不難想像，那幾天他成了校園裡一個怒髮衝冠的攪屎棍。有一張洋面孔，不知是外教還是記者，大概對中國話反正都聽不太懂，倒是纏住他問這問那，還給他拍照，容許他抹一抹頭髮，扣好衣扣，挺胸縮腹，以最高的大樓為背景（他要求的）——自有了這一背景，他後來搗亂似乎更為來勁。

他參加過某系一次辯論會，在那裡參與同門內戰，與林欣一眾槓上了。一番唇槍舌劍之後，他不但未能打敗對方的什麼「自我實現」和「文明度量衡」，還有雲遮霧罩的什麼「主體性」，反而被小女子嬉笑怒罵，被揪住了幾個字的發音失準，鬧了個大紅臉。他不承認失敗，不過事後罵天罵地，摔東打西，逮誰都沒好臉色，找出一個搪瓷盆和一本詞典，是林欣以前給他的，一股腦送去女生宿舍，拜託林欣的一位室友物歸原主——這當然有憤怒割席之意。

君子絕不受嗟來之食。林欣也不含糊，第二天託趙小娟捎來錢，數目精確到了分，據說她以前吃過史哥帶來的糍粑和紅薯片，按眼下市價算，連本帶利就這個數。

「林姊說了，」小娟笑嘻嘻傳達，「錢還給你，再對你呸三聲。我覺得呢，同學一回也不容易，呸就給你免了。」

「誰是她同學？去去去，遠點去，老子高攀不起。」

「人家的水平確實比你高，你得承認。」

「我惹不起，躲還不行嗎？」

史哥一氣之下，把這筆錢立刻花光，破天荒買來啤酒餅乾，請三〇七全體一同消受，還噴著餅乾渣子說：「誰愚昧？誰二百五？她還算是下過鄉的，連《詩經》裡『芣苢』都不懂，鄉下娃娃都不如，豈不好笑？」

旁人說這不算什麼。以前是農業社會麼，識草木蟲魚當然更多，現在不是追求城市化和工業化嗎？

他又找到一條理由：「她多自由啊，多瀟灑啊，上個學期失蹤十幾天，以為人家不知道。」

「哎，」這事立刻引起了肖鵬的注意，「你小子盯得夠緊麼！」

「我盯她幹什麼？」

「她跟著一個老男人私奔了，你沒查出來？」

史哥裝耳聾，沒聽見眾人笑，只管繼續聲討下去：「沒錯，這世上就她熱血，就她鐵骨錚錚赤膽忠心。碉堡都是她炸的，地雷都是她蹚的，老虎凳只有她扛過。好不好？我只是不明白啊，這樣的大英雄，怎麼怕老鼠？怎麼怕蝨子？要是人家憲兵隊捉幾個蝨子來，逼她交出密電碼，她不會嚇出鬼叫？」

這事扯得更遠，是指一條野狗曾被林欣收養，後來進入夏季，見狗狗生蝨子，她嚇得求毛哥快快領走，最後送去宮師傅家。

肖鵬聽不下去了：「兄弟，你有完沒完？還讓我們吃不吃？你吃不上天鵝肉，癩蛤蟆嚎春啊？」

「笑話，老子情願去當和尚。」

「你那直勾勾色瞇瞇的眼光，誰沒見過？你當和尚也是個花和尚，一點好吃的都拿到那邊去了，打窩子，掛鉤子，下套子，誰不知道？」

「你這傢伙說話不憑良心。」

「反正我只吃過你五粒花生。」

「你敢說沒吃糍粑？」

「糍粑一點味都沒有，一團餿飯。」

「你小子要遭雷打。」

「你怎麼也得再補償一下。去，趕緊地，給我打盆洗腳水來。」

史哥啐了一口，一腳踢出水盆的咣噹巨響，揚長而去。

「不得了，不得了，他肯定要寫《離騷》了，要到陰溝裡懷沙自沉了。」肖哥說得室友們在他身後再次笑岔。

與一夥東北生摩擦一事，就是這以後不久發生的。有人說，大概是史哥不忍羞辱，要與林欣比情懷，比正義，沒料到出手便被人家修理，鼻子還冒血泡，於是更為悲憤。幾天來他獨自一人遊走校園，常背誦豪放派詩詞，背出了拔劍四顧和欄杆拍遍的姿態，背出了辛棄疾、陸游、蘇東坡的豪放，似乎隨時準備惡拚一切世間宵小。

東北生沒再露面，但東北還常成為三〇七臥談會的話題之一。毛哥說歷史上的東北軍就是不經打，後來好多當了偽軍。肖哥則說旗袍是從東北來的，齊老師穿旗袍最醜，肚腩全面暴露，還不如穿大裙。曹同學又說老滿洲是國家重工業基地，切不可小視，只可惜以前就是座山雕、許大馬棒一類桿子響馬多……總之，文科生的討論經常就這樣，雞零狗碎，東拉西扯，邏輯無所謂，情緒是大王，不想做裁縫的廚子不是好司機。他們還恭維樓班長那次用巧力平亂維穩，功不可沒；又捎帶史纖尋開心，說貝勒貝子們固然可惡，你田園詩人也不該添亂啊。你愛惜糧食沒錯，但不該把「嘴巴」說成「雞巴」——中文系的國普不該這樣爛，在東北崽面前跌份。

史哥在黑暗中大叫，「哎，哎，你們欺侮人是吧？憑什麼又找我的癲子？」

他受傷又受氣，活得更加悲壯了。這一天，他從外面帶回一張陌生臉，據說是進城的農民，懷揣村裡鄉親們的告狀信，找政府沒人管，還被當盲流關了半個月，實在走投無路了。不知史哥是如何認識他的，如何看上他的，如何同他聊上的。反正聊來聊去的結果，是兩人聊出了天下苦命人是一家的感覺，聊出了史哥一個可遇難求的新知己，一個臨時的心靈暖房。照史哥的脾氣，這事沒法不管。他立刻把陌生人帶回宿舍，打飯，打水，出借衣物，把對方安頓在三〇九，馬湘南那個很少用的空床位。

陌生人捧一盆飯菜，激動得眼眶紅了，厚厚的兩片嘴唇直哆嗦。他說他爹被鄉政府整死了，他娘也喝了農藥，眼下生死不明。他們那個村像這樣冤死的就好幾個，大家實在沒活路了，沒盼頭了，就指望大學生們伸張正義，指望國家全面改革開放。否則那些仗勢欺人的狗官，想搶就搶，想打就打，想奸就奸，整死個人就如同踩死螞蟻……

他每想到這裡就說胸口痛，不斷搓揉那裡，哪還能吃得下飯？

學生們大為震驚。毛小武頓時眼光發直，說你們是豬啊，挨刀的老豬婆也要叫幾聲，你們缺胳膊，還是缺腿？

樓開富把來人看了兩眼，悄悄拉史哥到樓道口，說你這個孟老師，說的那些到底是真是假？怎麼聽著聽著讓人不踏實呢？

「什麼意思？」

「我們畢竟是社會主義國家，有黨紀國法，有人民當家做主，雖說有貪官汙吏，但總是極個別的吧？」

肖鵬路過樓道時也來擠了一眼皮：「小心臥底。」

史哥的臉上掛不住：「你們以為我是傻子？被他騙了？」

「不是說你，是說他……我身為班長不得不提醒你，最近社會上頗有點亂，你對這個人得多加注意。」

「你看人家那樣子，都餓得眼睛沒油了，邋遢得像隻老鼠。明明是遭了大難，怎麼可能有假？」

「你不知道，現在好複雜呢，什麼人都有。前天那兩個香港的，說是遊客。你能確定他們真是？他們一待好幾天，食堂和教室有什麼好遊的？」

史哥冷笑一聲：「班長，陸一塵帶來過那麼多客，痞裡痞氣的，花裡胡哨的，也沒見你說過什麼。我就帶來這一個，你說三道四，左右不順眼。你是嫌他鄉下人吧？放心，他吃我的，穿我的，同你們沒關係，一切概由我負責。」

史纖說完，便打水洗衣去了。

接下來的幾天，雖千萬人吾往矣，崇高情懷必須進行到底，史哥帶著孟老師進進出出，有時去食堂，有時去商店，有時搭乘公交車進城辦事。孟老師其實手腳勤快，不把自己當外人，常主動掃地，擦桌椅，挑開水，幾天下來與大家融洽了許多。趁他去浴室的機會，肖哥與毛哥還偷偷檢查過他的布袋，沒發現錄音機或照相機，看來不像是什麼臥底。倒是有一個鄉村學校的工作證，大概能證明他的身分。

不但如此，據說史哥通過馬湘南，找到了省裡一位大領導，孟老師的上訪告狀可望成功，一個駭人聽聞的地方窩案可望於近期大白於天下。怪不得，史哥這一段心情大好，有一種大張旗鼓轟轟烈烈的勁頭，一種老母雞憋蛋的高度自信，目光如炬傲視天下。走著瞧，你們都走著瞧，一個大金蛋——不，一輪燦爛紅日即將噴薄而出，誰是偽客，誰是真士，都會在陽光下一見分曉的。

趙小娟見他總是去食堂打兩份飯，曾問客人是誰。他自豪地大聲說：「孟老師唄！」

「孟老師是誰啊？」

「他一個窮鬼，一個流浪漢，什麼都不是的屁民！」

對方聽不懂他的大義凜然和豪情萬丈。

不料這一天下午，他從圖書館回到三〇七，還在門外就聽到肖鵬大呼小叫，推門一看，整個房間一片狼藉。肖哥的抽屜鎖被撬了，據說一塊懷錶不翼而飛。毛小武的抽屜也被撬裂，裡面的糧票和錢不見蹤影。他們都把目光狠狠地投向史纖。

史同學立刻意識到什麼，瘋了一般衝向三〇九，發現那裡也有失主們的清點和叫苦，也有投向他的恨恨目光。馬湘南那空床位則再次空空的，不見了孟老師，不見了眼熟的帆布袋和小草帽，不見了那一條腰長胯高腿短的側睡背影。那一刻，他張口結舌，臉色白裡透青，手裡的書本掉落地上，忽然衝出門去爆出一聲悽慘的大叫：

「王八蛋——」

他要到哪裡去？

室友後來找到他時，他額上已汗珠如豆，汗濕了襯衣，膝上有泥痕，據說已撞翻好幾個人，已圍繞食堂咚咚咚轉了好幾圈，看來是完全暈了頭，根本不知自己為何在這裡跑，在這裡跑又有何用。毛小武跑來，通報的新情況更可怕：馬哥近五萬的受捐款，藏在一單身青年教師房間裡的，也在這同一天失竊！

史同學當然記得，姓孟的傢伙隨他去過那裡，去那裡找過馬哥。可憐的他，想到這裡時兩眼一黑，終於軟軟地栽倒下去。

第十五章

解放軍叔叔

一樁大案引起了校園裡的恐慌。以前晚上睡覺不關門的，眼下都統統關門，有的還加上樹棍頂門，加桌子堵門。毛小武糾集一夥弟兄加強了路口盤查，見誰都不大放心了。校保衛處的幹部更是神色嚴峻，來現場登記損失，排查疑點，詢問有關人員，特別是史纖——他當然被列入重點調查對象，脫不了干係。

那姓孟的是他什麼人？如何混進學校來的？在這裡住了多久？去過了哪些地方？他們兩人是否有裡應外合的可能？特別是有人說，前不久見史哥在郵電所寄錢，他一個貧困戶，吃甲等助學金的，居然還有錢寄出去？……

馬湘南氣急敗壞一腳踹開三〇七房門，把摩托頭盔重重砸在桌上，一把揪住史纖的胸口，像要把對方一口吞下去：「臭鱉，你小子耍我？你吃人肉不吐渣啊？這些天累得我像個猴，馱著你們東奔西竄，汽油都多燒了好幾箱。搞了半天你們是來踩點，是摸地形，是迂迴包抄圍點打援？」

「對不起……」史哥已有滿嘴白花花的火泡，「我我我也沒想到……」

「六萬多的鋼鏰小票，上百斤，比一箱炮彈還重，一個人根本扛不動！」馬哥氣呼呼地指導保衛處幹部，要求對方注意這一細節。

他把錢數誇大了些，不過考慮到當時鈔票都是小面額，他也確實沒說錯。偷這麼多錢是體力活，作案的起碼應是兩人以上。

「你懷疑我？」史哥臉紅了。

「不懷疑你，那就要懷疑我媽！」

「我沒偷，不信你們就搜，把我當四類分子好了，搜他個天翻地覆好了。拿一把刀來，把我腸子肚子都破開來看看……」史哥掀開自己的挑箱蓋，把幾件衣物掀得漫天飛舞散落一地。箱裡確實沒什麼東西，最後只剩下兩扎帆布手套，還有扳手、螺絲刀、小電鑽一類，是他打零工用的。

毛小武幫他把散亂雜物一一撿回挑箱：「搜有什麼用？你先說說，那個姓孟的家在哪裡，還同什麼人聯絡過？」

「我哪知道？」

「你同他混了這麼多天，好得穿一條褲子，你你你死卵啊？」

史纖癟癟的嘴皮挪了一下，好一陣才讓人聽出，有聲音，是嗚咽。事情看來很明顯，同學們都翻臉不認人了，保衛處幹部的目光也鐵冷，連毛小武也不再替他出頭，那就一點希望都沒有了。他想必是太受不了。

他一跺腳大喊：「我賭血咒……」隨即把食指塞進嘴，嘎嘣一聲，咬出骨裂聲，嚇得四周驚呼紛起，大家一齊撲上去，抓的抓手臂，摳的摳嘴巴，好容易把他一個涎水模糊而且角度異常的指頭從嘴裡摳出來。

人們把他往外拉扯時，他還在淚流滿面大喊，我沒偷，就是沒偷，打死我也沒偷……曹立凡大概沒見過這種慘烈，當下已欲哭無淚，抹了一下自己手上的血，撿了地上一隻鞋追出門去，追上去卻又幫不了什麼忙，便在走道裡跳腳大喊，「救命啦，救命啦，出人命啦……」

直喊得每個門裡都突然靜默，又爆發全面喧譁，很多腦袋都探出了房門。

第二天下午，一位食堂女廚師慌慌地來報告，醫院裡的史纖失蹤了。她是去留醫部送飯時發現的。

同學們再次慌作一團。當更新的消息隨後一個個傳來，說整個校園都沒有他的蹤跡，說他的物品似乎沒少一件，似乎並無逃逸跡象。但警察已牽來警犬，去後山上搜索。班幹部只能找到他的學生證，拿去照相館翻拍，沖洗出十幾張分發下去。全班幾路人馬連夜分工，分頭去碼頭和車站，也奔向水井、河邊、懸崖、鐵路等險惡之處，看有沒有人見過照片上的失蹤者。

不用說，這個班後來的缺課率太高，很多人上課時眼絲紅和打哈欠，被系方和校方一再批評，就是給這事攪的。

接下來，第一天沒結果，第二天也這樣……直到第四天下午，謝天謝地，靠一個小孩提供線索，靠一個環衛工指點方向，仨女生才得以拐進一條小巷，發現要命的史哥啊史哥坐在電線桿下。他臉色灰白，瘦了一圈，兩眼眨巴眨巴，看來是實在走不動了，沒氣力尋找下一個旅店或飯店了，沒氣力追回那只想像中裝滿鋼鏰小票的大麻袋了。一團複雜的溲味中，他頭髮結成了若干油繩，腳上一隻膠鞋露出大腳趾，受傷指頭上的白紗布已成黑紗布。

他喝了同學遞上的橘子汁，急急地分辯：「我以前最怕體育課，下課就餓得眼發黑。但我情願去垃圾桶找饅頭，找過期奶粉，沒向你們開過口……」

「我們知道，都知道……」

「我那雙套鞋破了，腳泡在水裡，泡脫了皮，泡出了凍瘡。好想買一雙新的，但沒找你們借過錢……」

「你太見外了，有難處就開口啊……」

「我爹說過的，人活一張臉，餓死也不能做虧心事。我給妹妹寄那點學費，向十八代祖宗保證，千真萬確是我自己掙的，是我的工錢，我的稿費。天地良心，每一分錢都乾淨。」

「你別說了，事情肯定是這樣……」

「我只怨自己沒用，怨自己是窮命，沒怪過你們，沒怪過學校和政府。」他嗚嗚嗚抹了一把淚水鼻涕，「我有力氣，有的是力氣，有用不完的力氣。真的，我週末紮鋼筋，假期去挑砂漿，有時裡面是汗水，外面是雪水，沒關係啊。我只是在攪拌機邊暈過，差一點栽下去了，再也看不見你們了……」

三個女同學也眼睛紅了，紛紛說對不起，對不起，你別說了。她們從不知道這些，但也從未懷疑過他，死也不會相信他會有歪心眼。身正不怕影子斜，烏雲遮不住太陽，事情都是可以好好說清的。史纖同學，你這就跟我們回去吧……

「不，我不回去，我是個賊。」

史哥，你別這樣笑，求求你，你別嚇我們了好不好？我們早就說過，既然一起進校，就要一起畢業，一個也不能少。你不會不守信用吧？

「不，你們不要相信我，你們也不會相信我，不可能相信我——」他兩拳輪流猛擊胸口，對自己狠狠懲罰，「我就是一個賊！老賊！」

他咧咧嘴，神經質地狂笑起來。

直到幾個男生聞訊趕到，仨女生才止哭。直到毛小武武功上陣，扳開史哥緊抱電線桿的雙手，不由分說把他架到肩上，才把他背出小巷，一路押回學校，徑直送去浴室。他在那裡足足洗了半個鐘頭，洗淨了泥汙和跳蚤，洗出了幾分本來面目。他力氣再大，也架不住小武的鐵掌，被唰唰唰扒了衣褲，被一把揪到水龍頭下，接受了劈頭蓋臉的水刑。

不過，案子一日沒結果，事情沒結論，他就一天不見消停，總是神叨叨，成天要去找人，要找回自己的清白，一不小心就往外跑。即便被找回來，也是個喋喋不休，逮誰都咕嘟咕嘟要從猴子變人說起，說得人們都忍不住打哈欠或繞道走。

直到後來他越來越神色恍惚，大家才終於覺得有哪裡不對勁。不是麼，他的錢和糧票明明在那裡，在他衣袋裡，但他偏說還有兩個存摺，一直藏在褥子下的，不知去了哪裡。

到最後，他半夜發出尖叫，把室友們都嚇醒，宣告妖怪來了，已操刀上樓，在走道裡撬門……說得好些人手腳軟。

史纖，史纖，你做噩夢了吧？

「他們真的來了，真的，全是白衣白褲、白帽子，手裡都拿著傢伙。」

你起來喝口水，你看看，我們不都在這裡嗎？有這麼多人在這裡呢，都陪著你，你不用怕，安心睡吧。室友們七勸八勸，讓他喝水，給他擦汗和換衣，把枕頭墊高或降低，把電燈打開或關閉，大家折騰好一陣才重新入睡。

沒辦法，系裡只好拍電報，把他爹叫來，看管和照顧他一段。他爹有些駝背，是史詩人那張黑臉的老年版。他說各位毋庸懼怕，他兒子發的是青藤瘋，一種春天裡瓜豆牽藤時節常見的瘋癲，不是什麼大事。老人在四個牆角各貼一張黃紙神符，說那是恭請四方大神鎮邪；在兒子床頭釘了三顆大鐵釘，說那是降妖三寶。當他找來白米和香燭，要去操場再找一個地方下手時，兒子看上去更癲了，竟與他打上一架，一磚塊砸下去，砸得兒子的老年版腰痛了好幾天。

父子倆用方言吵了些什麼，罵了些什麼，旁人也聽不明白。

後來，連馬湘南也看不下去了，覺得自己可能錯怪了同學。他給史老爹買了祛瘀活血的膏藥，又帶史哥去了一趟歌舞廳，還去了一趟西餐館，算是翻看過對方的衣箱後，一心想做點什麼。

「那個老賊，非亂槍打死不可。他害張三，害李四，最不該害的是史大郎。」課間休息時他還說。

「大河馬，說到底，你自己要負責任。」肖鵬奪了他半只油餅，「他瞎了眼，你也瞎了眼？你牛皮哄哄時是馬大帥，關鍵時刻就是馬大哈。你那麼會騙，怎麼被別人騙了？你應該騙死那個老賊啊。」

「哎，哎，我是受害者，最大損失一方好不好？」馬湘南氣呼呼地翻了個白眼。

「你一身膘，一看就油水大，到哪裡都是犯罪的誘發因素。」

「你咋不說我是犯罪幕後指揮？」

「對，我們是應該找你索賠。怎麼樣？你電子錶反正多，賠一塊給我算了，老子急著要用。」

「你問我的拳頭，看它答不答應。」

「看看，越有錢就越摳，這老財主還是天下烏鴉一般黑啊。」

大家鬥了一陣嘴，順便共享了一只從馬湘南手裡搶來的油餅，搶來搶去，越搶越小，直到消失。他們又說起精神病院的事，說史哥恐怕不去是不行了，但擔心這一去就毀了他下半輩子，更擔心大夫治不了他的心病，可能還是破案要緊。

「公安局就是糧食局。」毛小武最瞧不起警察，「什麼時候了，屁都沒一個。那些飯桶就該一腳一個，踢到鄉下去挑泥巴。」

「毛哥，肯定是你姊處對象，被哪個小警察蹬了，你小子公報私仇。」肖哥一臉不屑，「你的糾察隊呢，怎麼也不管用？抓了一兩根賊毛沒有？」

「天地良心，你那條運動褲還是我們找回來的。」

「我這次丟了一塊錶，可是我家的傳家寶。」

「我們是你的家丁？你管飯？」

「什麼呀，我看你們就是打架有癮，上不得正板。」

肖鵬已感到腳上有衝擊，緊緊扭住對方的手，「嘿，嘿！君子動口不動手。你可別得罪我。告訴你，我以後可是要寫書的，要寫傳世之作的。你就不怕我把你寫成反面人物？」

「你千萬要寫，千萬要下狠手。我這輩子反正好名是出不成了，壞名就指望你了。你不讓老子遺臭萬年，老子做鬼也來找你。」

……

他們槓來槓去，槓得錯綜複雜，又扯上某次悔棋的事，扯上某次洗衣時誰幫誰的事，最後還是繞回到史纖這一道難題。他們什麼招都上過了。肖鵬用銅板給史哥擺過卦，翻過《易經》，判斷盜賊可能去了東南方向。這在毛哥看來純屬哄鬼，比警察更荒唐可笑。毛小武不允許史哥縮在被窩裡，把他拽起來跑步，翻單槓，擊沙袋，推槓鈴，讓他消耗體能和振作精神。這在肖鵬看來不過是暴行，是摧殘，是法西斯，只可能使病情加重。

當然，他們倆也看不上樓開富的方法。拿一本先進人物的模範事跡來做工作，談主觀世界和客觀世界，談正確對待批評與自我批評……這只會把史哥繞得更迷糊吧？整得臉上更無血色吧？

不過，吵歸吵，槓歸槓，該上心的還是上心。這一天，有人回憶起姓孟的一張火車票，起點是鄰省的G市，那麼他也許就是那裡的人？或是那附近的人？又有人想到，孟的方言很古怪，偶爾漏出幾句，把吃飯說成「茹基」，把蒼蠅說成「吳蠅」，聽上去與G市方言又並無什麼關係，到底是什麼鬼，可能值得進一步分析。但這些已足夠啟發肖鵬。他去一趟廁所回來，提議大家快去找趙小娟——那婆娘不是想考語言學研究生嗎？不是常在汪教授那裡香噴噴地扭來扭去嗎？或許汪教授能從方言裡找出一點什麼蛛絲馬跡。

這一提議在日後被證明十分及時和英明。汪教授在小娟的請求下，翻了幾本方言詞典，用放大鏡在方言地圖上查找一番，說離G市不太遠有一個罐窯堡，有唐代駐軍的屯堡，留下了一種所謂「罐窯話」，構成了一個極小方言島。正是在罐窯話裡，吃飯為「茹稷」，疑似「茹基」的變聲；蒼蠅是「胡蠅」，與「吳蠅」相似度極高。如此等等，都不像是偶然的巧合。

還是據書上說，罐窯堡就三四千人口。太好了，老天開眼了，搜索範圍既然縮小到這一步，派些人去挖地三尺，也能把老鼠洞統統挖個底透，能把老賊給掏出來吧？

毛同學和馬同學交換一個眼色，忍不住擊掌相慶。事不宜遲，按馬哥的說法，搶在警察前面，可避免贓款入庫充公。於是兩人迅速糾集八位弟兄，包括毛哥的兩位中學夥計，共組一支遠征討伐隊。小武不知從何處借來幾套迷彩的工裝和雙肩包，外加一套海軍服，一套馬哥退役時的黃皮，領章帽徽都不缺，雖三六不齊，海陸混雜，八國聯軍一般，但也能提振精神，夠威風，夠亮眼，夠利落，可望爭取一些旅行方便，更可能聲奪人嚇破賊人的狗膽，贏來沿途民眾的熱烈鼓掌和振臂高呼。到時候，噹哩個噹，咣哩個咣，他們威武出征，凱旋歸來，紅旗招展，夾道相迎，老百姓喜送雞蛋和蘋果。這支小分隊很可能讓警方刮目相看，其軍紀嚴明秋毫無犯的作風，豈不會感天動地？

三〇七再次忙亂起來。火車票的事交給陸一塵。偽造病假條的事則由肖鵬領差。曹立凡負責買麵包買鹹菜之類，還負責上課點名時的各種周旋應對。連樓開富也受到某種氣氛感染，只是叮囑政策和紀律，要求一行人快去快回，雖有一份老大哥的不安，但看到史家老父的焦急，似也找不到更好的辦法。他幾天來既要照顧史家老爹，還要做他兒子的思想工作，差不多快累垮了。

幾個人影就這樣消失了十多天。

最終的消息從系方傳來：毛小武被警方刑拘。馬湘南呢，雖也是「主犯」，但幸有小武攬了責任，也幸有他母親找關係說情，就逃過一劫，不過還是足額交了罰款，寫下十幾頁深刻的檢討，幾乎用光了他所有嚴肅的詞彙和誠懇的語氣。

抓捕他們的理由是這樣：這一夥假冒軍人確實找到了G市轄區內的罐窯堡，確實找到了孟家，幾乎是運用汪教授的知識實現了破案奇蹟。只是那傢伙實姓吳，從未當過什麼教師。那一天吳家父母說兒子並不在家，外出已三年多，眼下鬼知道在哪裡。毛小武和馬湘南懷疑這不是實話，但考慮到遠征隊耗不起長期蹲守，便心生一計，將吳家七歲的兒子帶走，想在小孩身上打開缺口，套出一點蛛絲馬跡，也是逼那個賊爹出面來談判：要兒子還是要錢？要肉肉還是要米米？

他們滿以為這一招出奇制勝，打中了毒蛇的七寸。沒料到在當地警方看來，這純屬膽大包天，根本不是一般的民間經濟糾紛，而是非法拘禁、非法綁架未成年人的大罪，是警方執行新版《刑法》的職責所繫。

幾個小蟊賊，竟敢冒充軍人跨省拿人，真讓他們氣不打一處來。他們一接到報案就緊急出動，荷槍實彈，警笛震天，團團包圍了旅店，用電喇叭宣布最後通牒。馬湘南後來最說不出口的是，強龍壓不過地頭蛇，他們在警察的槍口之下，在電喇叭的喝令之下，什麼餘地也沒有，什麼理由也是個屁，先是一個個抱頭面壁，然後高舉雙手魚貫而出，進入鐵籠子汽車。小鎮上的圍觀群眾竟為之興高采烈地嘩嘩鼓掌。

實在太難看了，太失面子了。他們這些「解放軍叔叔」其實給小人質買過糖餅，買過紅氣球，講過戰鬥故事，甚至吹口哨一曲又一曲給孩子催眠……但這些假仁假義根本不能抵罪分毫。

系領導的說法是，考慮到毛小武被判勞動教養一年，事情到了這一步，已屬屢教不改，學籍無法保留。校方的重拳出手勢在必行。

另有涉案的五位被記過，一個也跑不了。中文系七七級的全國「大學生先進集體」稱號也隨之遭撤銷，一塊銅質獎牌在會議室被摘下，讓一位秘書大嬸當場揪心頓足淚花花。「這太不公平——」現場有一男生大喊，但很快被別人一步步拽走。

陰雨霏霏的那一天，一輛警用麵包車悄悄駛入校園。毛小武穿了件有編號的黃馬甲，支著一頭亂髮，臉拉得老長，耷拉著兩隻死魚眼睛，一張嘴呆呆地半張，蒼白臉色如同來自冷庫。他由系主任和兩名警察陪行，來宿舍取私人物品，出現在走道時，對熟人只是點一點頭，能不招呼就貼牆閃過。

清理物品用不了多久。他乾咳了幾下，把一把電剪給了肖鵬，一本英語詞典給了陸一塵，一把瑞士軍刀則給了曹立凡，都是廢物處理的意思。課本作業什麼的統統飛入了牆角垃圾堆。

他胡亂打好一個被包，連同提琴盒一起扛上肩，扭頭朝門外大步走去，好像去意急迫，能少待一秒就少待一秒。

肖鵬追上去，把對方剛才落在桌上的一枚校徽塞過去，拍在他手裡。

毛小武的嘴角跳了一下，「沒用了。」

肖鵬突然展開雙臂，擁抱了他。「小武，別灰心，你還有機會。」

兔唇哥的喉頭滾動，拍拍老友的肩，「對不起，緣分不夠。你同他們說一聲，」他是指剛才不在的室友，「我先走了。」

此時走道裡已擠滿人，人牆後面還有人踮足伸脖朝這邊打望。有人擠過來擁抱。更多的人是前來握手，拍肩，捶胸，摸一把小武的亂髮，大概都不好說什麼。

「不好意思，給你們看笑話了。」

「小武，你要記住我們。」

他點點頭。

「小武，一年很快的。」

他又點點頭。

「小武，後會有期，我會去看你的。」

「小武……」

「小武……」

「姓毛的你這個臭王八蛋——」不知何時，人牆後有人爆出狂怒，嚇了大家一跳。大概是沒見小武應答和回頭，那裡又追上無比悲憤的一嗓子：「你跑什麼跑？你還欠了老子的牛肉粉，欠老子五次的球鞋沒有洗——」

系主任朱老師覺得此時的氣氛有點不大對，開始阻止告別人群，說散了吧，散了吧。午休鈴都打過了，你們都回到房間去。

不過，人們並未散去，甚至越聚越多，組成了一道短黑髮起伏的人潮，從三樓到二樓，從二樓到一樓，一直湧向大門口。不知何時，宮師傅和孩子也出現在那裡。毛哥路過時刮了男孩鼻子一下：「好好讀書，不要學我啊。」

「兔鱉。」

男孩翻了個白眼，大概是怨這位家教先生失信，這些天停了提琴課，也沒給他做彈弓槍。肖鵬對這眼神大概略懂。

人們跨過小院門，上了林蔭道，走向路邊的警車。多少年後，肖鵬寫到這裡，覺得當時還有點什麼，還應該有點什麼。比方，他就不能寫一寫淚花，寫一寫扭曲的臉，寫一寫某女生獻到小武頭上的圍脖？他就不能寫自己最終還是追上去，給兔唇哥胸前別上了校徽，而且這一動作似乎啟發了他人，於是有人給他肩頭別校徽，有人在他的被包和圍脖也別校徽？他就不能寫一寫當時的系主任，看見那些琳琅校徽，也摸出手帕，偷偷蘸了下自己的眼角？就不能寫一寫兩位警察面對這場景，也不無迷惑，沒有急於關上車門，沒有急於發動汽車和拉響警笛，留下了意味莫名的漫長一刻？

肖鵬就不能寫一寫男生們開始擊掌，打出節奏，打出熱烈，喊出了通常出現在球場的聲浪？

毛小武，雄起！

毛小武，雄起！

毛小武，雄起！

……

這種聲浪很快又夾進了：

七七級，雄起！
中文系，雄起！
免崽子們，雄起！
霉豆渣們，雄起！
……
這就越喊越邪乎了。
肖鵬在這裡就不能寫一寫這種聲浪在教學樓那邊激起的回聲？不能寫一寫這種叫喊好像有什麼意思，又沒什麼意思，或者說開始還有什麼意思，後來就不過是一種胡亂的精力發洩，一直喊到他們一個個眼歪嘴斜、捶胸頓足、聲嘶力竭、忘我瘋癲？

車頂的警燈終於亮了，一閃一閃在小雨中離去，消失在教學樓一片紅牆那邊。三〇七的一張床就這樣空了。自有了這一床的空虛，有床板上零落的廢紙，整個房間就有一種風暴過後的寧靜。陸一塵不再在這裡練聲。肖鵬也不再在這裡下棋。好像一種新的生活正在開始，需要一種心照不宣的躡手躡腳，還有人們的相互謙讓。

肖鵬寫到這裡，其實知道上面這些差不多都不曾出現。真要說現場事實，大概只有兩件可以提及。

一是宮師傅家的狗，叫「包子」的那黑哥們，吃慣了毛哥帶去的肉骨頭，大概是好久沒吃上了，饞得忍不住，常來尋找主人。這傢伙居然能一路鼻子呼哧呼哧，在幾十間幾乎一模一樣的寢室中，準確嗅出三〇七，然後穩穩蹲守門口，用眼睛辨識每一張進出的面孔。

二是半夜裡籃球場上常出現運球投籃的聲音，先是有些女生聽見，接著有些男生也聽見，一如往日那樣有三沒四，在靜夜裡特別清晰，也特別膨大。孤零零的球聲，夾雜著間或撞擊鐵環的一聲咣，又一聲咣，以前大多屬於毛小武。那無非是他精力旺盛，又不喜歡見醫生，一碰到感冒就喝幾大缸涼水，然後去球場上折騰自己，直到累出通身透汗。據說他的感冒都是這樣治好的，煩悶也是這樣治好的。問題是，他眼下早已走了，有人也去深夜的球場查看過，那裡空無一人，不知球聲從何而來。

是不是有人出現了幻聽？

第十六章

馬半席

馬湘南無意間發現妻子的錄音筆，變得沉默了許多。儘管那女人已多次認錯，說她只是玩玩，以前並沒玩過，更無其他人參與其中……馬總還是覺得背脊透涼。

他是個大嘴巴，平時在自家人面前信口開河慣了，不記得自己說過什麼。問題是，她從什麼時候開始錄音的？錄下了哪些？錄了又準備幹什麼？

更可疑的是，他並沒深入追問，她為何要保證絕無其他人參與？這種未問之答，不正是一種心裡有鬼不打自招？

那麼她後面有什麼人？某個閨蜜？某個男人？某個商業對手？某個邪教團夥？……難怪已有好長一段，馬湘南總覺得身後有一種似有似無的目光，但真要去找，又找不到的目光。天啦，這娘們不會在哪天衝他微微一笑，最終揭開這個謎底吧？

「你以為……我真是瞿小鳳？」

他大叫一聲，在沙發裡醒過來，發現自己滿頭大汗。

怎麼啦？怎麼啦？小鳳急忙趕來，端來一杯水，在他背上輕拍，用毛巾給他擦汗，慌得幾乎要揪胸和垂淚。

馬總把她一推老遠，聲音哆嗦：「你不要過來！」

「我怎麼啦？」

「你到底是誰？」

「我瞿小鳳啊，你老婆啊，鳳丫頭啊……」

「你整過容？」

「整過啊，你不是都知道麼？」

「你有沒有雙胞胎的姊妹？」

「馬哥你說什麼呢……」

「你說，你真是瞿小鳳？你真是瞿士廉的女兒？真是胡夢海的弟子？真是出生在香港銅鑼灣？真讀過北京舞蹈學院？……」

妻子臉色慘白，呆了片刻，哇的一聲哭得五官全垮了下來。

第二天，馬總臉色鐵青，讓總裁助理帶幾個保安，把辦公室、接待室等所有重要的地方都查了個遍，沒發現竊聽器和針孔探頭。他好像還不放心，在後來的日子裡，不論在哪裡說話，說著說著就卡殼，就走神，就東張西望，查看燈罩裡面、桌子底下、椅子後面、盆景暗處……還在門框上摸來摸去，敲敲打打。不用說，這時的談判或聊天總是半途而廢，以至人們私下裡叫他「馬半席」——那是指他連酒都只能喝到一半，全然不顧滿桌的賓客和菜餚，不知何時就開始鬧，鬧完就走人。

更過分的是，他對老哥們也疑神疑鬼了。想當年他們共褲連襠，臭味相投，三天兩頭就泡在一起，有時在牌桌上認賭服輸，懲罰方式包括掏錢，灌酒，自抽，講笑話（大家不笑不算），發短信罵人（給自己最怕的人），往領口裡灌冰塊（在最冷的天），脫得一絲不掛然後出門去買菸（沒買到菸就得去買花生），在街燈下一路裸奔，包括盡量避開女人，盡量找暗處臨時藏身……他們什麼壞事沒幹過？什麼樣的弟兄能有這麼好玩，能有這麼親？可現在，即便已把來人隨身的包箱檢查過，剛摸上一圈牌，他還可能愣頭愣腦問一句，沒錄音吧？過不久又問，真沒錄音吧？過一會兒還問，你確定你的手機沒被別人做手腳？……

直到你們把手機都關掉，都掏出來擺在顯眼處，甚至用毛巾包裹，用保密箱封存，送衛生間隔離，他還可能目無定珠，撓頭撓腦，提不起打牌的精神頭。

呸，這傢伙什麼時候把自己搞成了強迫症？

到後來，老哥們來得日漸稀少，於是他常把自己關在總裁室，一天下來無聲無息，不知在幹什麼。兒子馬浩偏在這時候給他再次添堵。這個小少爺，老馬家最後的希望，什麼事也做不了，什麼東西也不想學，唯電遊和手遊玩得瘋。不知什麼時候，他居然拿過一次韓國的手遊競賽獎，讓他媽咪洋洋得意到處吹噓，拿獎座給客人們看過好多次。兒子滿嘴的「同款」、「流碼」、「杜比」、「卡頓」、「帶寬」、「風投」……很像個科技高人、ＩＴ業資深人士，也能說得老爸無語。

拗不過他媽咪的逼壓，馬湘南終於給兒子投資了一個影遊公司。沒想到的是，浩爺還是浩爺，天下第一大活爺。三千萬註冊金拿去後，一年多下來，網劇沒見他拍一部，遊戲也沒見他做半個，只是找了些靚妹來做過一場時裝秀，還有兩個什麼主題體驗酒會，邀來各路賓朋，雖掛上ＩＴ名頭，但一毛錢關係也沒有，不過是虛頭巴腦的燒錢——不，燒錢眼下在他那裡也叫風險投資。

到最後，一不留神，聽說他又去銀行融資，質押全部股權和若干借款，相當於槓桿上加槓桿，要在股市裡挖金礦。

我的活爺，他哪是玩槓桿的料？他乳臭未乾就想張嘴啃天？他見過真正的大鱷嗎？見過他們那令人萬分恐怖的白嫩白嫩小肥手嗎？見過他們瞇瞇笑眼裡的刺骨寒光嗎？果然，這傢伙幾乎一買就跌，一拋就漲，運氣好得可以點火，想不虧都不容易。他肯定是一鼓作氣殺入人家的伏擊圈，股價越套越深，眼看就要逼近平倉線。

小少爺還在堅信反彈奇蹟，倒是媽咪沉不住氣了，成天哭哭啼啼，一把鼻涕一把淚，央求丈夫盡快補充兒子的保證金，避免平倉大放血。

「老子情願餵狗，也不餵這個小雜種！」馬湘南氣歪了臉。

「他千不該，萬不該，畢竟是你的兒，畢竟是老馬家的香火，是你我身上掉下來的骨血……」

「你去，叫他直接拿刀來，擱我脖子上；搬迫擊炮來，頂住我的屁眼，讓老子死個痛快。」

「打斷骨頭連著筋呢，湘南，你不幫他幫誰？平時你對朋友也不是……」

馬總掀翻了一桌菜，鬧得酸甜苦辣天女散花，指定女人一連十幾個「臭娘們」，狗血淋頭罵了個夠。然後他又罵郝長子，一個派出所所長——不是麼，那豬頭千不該萬不該，明明抓了馬浩的嫖娼，還查出了搖頭丸，滿可以把他關上個把月，加判兩三個月也不難，說不定剛好就把這一波股市大震盪跳過去了。可那豬頭偏偏情深義重，要回報馬湘南的一箱酒，對年輕人搞什麼重在教育的懷柔，偏偏又微笑又拍肩又送普法光盤。結果呢，好，咣噹一下，把小崽子一摩托送回家，準時送到了大鱷們的嘴裡。

「你關他幾天會死啊？老子早知道，就出錢請你們關，按五星級賓館算房錢，給你們發加班費，不行嗎？」

馬總罵完豬頭所長，還是去公司打款了。

可憐天下父母心。

公司的財務安全制度太嚴，讓他不得不跑一趟。於是就有了以下畫面：他想避免堵車，交代司機改走三環線（在兒子眼裡卻是故意捨近求遠）；沒料到三環線也堵，只好叫司機一轟油門，猖狂竄入逆行道（在兒子眼裡卻是故意違章好拖延時間）；被警察攔停後，一時說不清楚，只好棄車跑步了事（在兒子眼裡這老傢伙連出租車費也死摳）……到最後，他跑得鞋底都掉了，魂都丟在路上，差一點跑出了虛脫和心梗復發，面色慘白地趕到公司簽字、蓋章、輸密碼、打下電子指紋，核准財務部的打款。（在兒子眼裡這一切純屬瞎編，哪有這樣愚蠢和複雜的過程，出納的事也由老闆來做？是不是還要一五一十親自扒拉金元寶？）總之，總之的總之，馬湘南走出公司大樓時，大口喘氣，搖搖晃晃，覺得全身哪裡都不聽使喚，連揪一把鼻涕都差點沒揪對地方（在兒子的想像中卻是暗自得意，樂顛顛的一身舒坦）。

他的錢還有意義嗎？他差不多早已看清，他怎麼做都是個屁。即使他死上一輪又一輪，也討不了兒子一個好。即便他把自己最後一塊心肝恭恭敬敬獻給兒子當早點，對方也可能沒口味；即便吃一兩口，那也是勉為其難，給面子而已。

浩爺後來確實就是這樣冷笑的。「誰要你打款啦？我開口了嗎？發函了嗎？給短信打電話了嗎？我說了半個字嗎？好笑，你不就是一直等著我苦苦跪求嗎？」然後吐出一塊口香糖的渣渣，「沒門兒，一輩子別想。你要裝，那是你的事。」

「兔崽子，我用得著在你面前裝？」

「誰知道呢？時間掐得那樣準，厲害，厲害啊。」

「什麼意思？」

「Shit！」

原來，對方是指追加保證金到賬晚了，晚了十幾分鐘，晚了要命的最後一刻，實在太蹊蹺。

於是，強制平倉準時爆雷，馬浩所有的質押品灰飛煙滅。因為就差那麼一丁點，兒子沒有抓住援手，落入了萬丈深淵，只剩下懸崖上父親一隻抓空了的援手。

馬總全身發抖，眼睜睜看著兒子打一響指，摟著女朋友同去夜店了。這畜生，這畜生啊，畜生中的畜生啊，你輸得卵毛都沒了，卻像打了個嗝，把幾千萬當成牙縫裡的一點菜屑，不以為然地吐出去。什麼叫平倉？你就不能焦急一點？不能悲痛一點？即便不顧及你父母，滿腦子只有自己，你悲痛三五分鐘也好啊。即便你學不會悲痛，學不會和氣，學不會慚愧，那麼就上憤怒，上仇恨，上殘暴，衝著父母咬牙切齒破口大罵也好，幹掉家裡兩個老奴才也算回事——你總不能在爆倉之晚就去夜店吧？

眼下，馬湘南更成了一個悶罐子，更不願見人，目光總是直愣愣的，見誰都像不認識。連上門查稅的大蓋帽，追債的一夥刺青猛漢，哭哭啼啼的公關女郎……這些公司平時都該小心應對的VIP，也被他當作空氣，從不看上一眼。除了吃幾口飯，他在院子裡散散步，把自己關在辦公室，只是迷上了一只打火機，把打火機拆了裝，裝了拆，拆了再裝，在桌上留下一堆零碎。

妻子和友人都勸他見醫生，他一點也不配合，不願同什麼精神病扯上關係。妻子說他這是被邪魔的追魂掌給打了，為他放生了六百隻烏龜、九百條鯉魚，請法師念了九千九百九十九遍《大悲咒》，還是沒讓他露出過一絲笑紋。請最好的醫生上門，也被他給罵了回去。滾，滾遠點！你矇誰呢？他罵對方的酒糟鼻子，說你長成這樣還好意思當醫生？

結果，這一天，身邊的人沒看住，他最終消失於衛生間窄小的窗戶。

一個黑影從那裡飄忽而去，下墜得越來越快，越來越呼呼響，越來越乾脆利落直截了當，最後輕輕的一聲叭，如同一個小小的水泡綻破——當時小區花園裡寂靜無人。

一點小動靜而已。他在深紅色磚地上架臂揚臂勾腿，擺出了一個孫悟空的造型定格。

這是最早目擊者描述的。

他想必是想騰雲駕霧，十萬八千里，飛離這累人的日子，飛入一種無邊無際的寂靜，他可以不再見人和不再說話的地方。

第十七章

國際人身分

追悼會上來了不少人，包括馬瀾、馬浩和他們的母親。馬湘南的前妻也到場了，前妻所生的大兒子馬波卻未見人影，據說在國外有重要考試，一時回不來。不過，一位老堂哥致悼詞時，一再提到波波，提到那孩子的前程無量，想必是要給亡靈一點安慰。

當年母親哭哭啼啼把馬波送到陝西，找到前夫的老同學林欣，求對方幫忙，讓孩子換一個環境，好歹進一個二流本科。與其說是看重同窗之誼，不如說是出於對男人喜新厭舊的義憤，林欣當時還真拚上一口氣，把內招指標跑了下來。

磨難也是幸運，馬波——不，當時已改從母姓的孫波，就是在重大家庭變故下，突然孤憤立志，從一個落榜的垃圾生，一步步奮發圖強，脫胎換骨，不僅以全優成績讀完本科，後來還北大碩士、哈佛博士、劍橋博士後，直到最後在梅里達機場冒出來，給林欣獻上一束潔白的毛蟹爪蘭花。

「對不起，林老師，我遲到了三分四十秒。」他把時間掐到了秒。

林欣驚喜地尖叫，一把將他摟在懷，直到發現對方臉紅，才意識到他已不是個孩子了，說不定都結婚成家了——啊啊，抱歉，抱歉，林老師今天是太意外了。

本來，她這次出來學習手語對外翻譯，只是一個普通的「南南合作」教育項目。她沒想到自己竟能在墨西哥巧遇學生，更沒想到多年不見的學生已出落得如此英姿勃勃，實在讓人高興。瞧瞧，這還是孫波嗎？他一件帶帽的運動裝樸素如常，名校生的自信和孤高卻深藏不露，國際化禮節規範還輕車熟路。他受校方委託接機，不僅準備了鮮花，帶來了旅行者最需要的地圖、公交卡、手機卡、萬能插頭，還有中國人少不了的電熱壺，把任務完成得細緻而溫馨。

一路上取行李，開車過卡，入住酒店，代問網址和餐廳……辦理這些時，他都是「謝謝」前「謝謝」後的，每一動作都簡潔輕巧，不時綻放一臉微笑，給每個陌生人播灑陽光。

不過，把林欣準時準刻送交給墨方一女教授後，學生卻婉拒了恩師的晚餐邀請，說對不起，晚上還有三千米游泳訓練。

「游泳後呢？」

「還有網上的拉丁語課。」
「這麼忙啊！」
「確實忙。」
「你啊……」
林欣與其說略感失落，不如說是讚嘆。又是游泳，又是網課，一個哈佛博士還在繼續懸梁刺股。歷史上那些聖人啊英雄啊，青春風采也不過如此吧。
出於某種興奮，林欣第二天臨時取消一個約見，不惜任性一回，要去參加孫波的報告會。據她後來私下裡描述，那報告會太酷了，酷爆了，先由一首鋼琴曲預熱，博士手上閃耀一枚婚戒，在琴鍵上又揉，又刨，又啄，又捶，令人眼花撩亂。他揉出了迷亂星雲，刨出了急風暴雨，啄出了小橋流水，最後捶出或者砸出了靈魂的天崩地裂，完全是專業水準，驚得台下的中國交換生們目瞪口呆，發出尖叫和口哨。
報告正題更是讓聽眾們掌聲不斷。「你要麼一騎絕塵，要麼被甩下十條街。永遠不會有勻速前進的同行者。」這樣的勵志警句說來就來。「就算你待在原地，就算你緩慢成長，那也都是十足的後退。」這樣的忠告振聾發聵。至於孫波他自己，雖已拿下了北大與哈佛，雖已有五門外語並出版過專著，但他還需要更多的學習和實踐，需要更多的艱苦打拚，起碼要完成歐、亞、非、美每個洲各三年以上的工作——這正是他來墨西哥任教的目的。

待他把拉美的這兩年攢下，他就有了最完整、最亮眼、最堅實的資歷，就成了聯合國某機構高級專員毫無懸念的接棒手。各位同學，知道那意味著什麼嗎？那是國際人的身分，是真正的世界公民，比方說年入六位數美金，還有國際協議所保證的永遠免稅權——那不過是他獻身人類文化進步的一點副產品。

他繼續說，他早已摸清了，現任專員兩年後就要退休，而那時候最接近這個職位的人，一個日本的N，一個土耳其的B，一個英國的S，一個瑞典的T，都有各自資歷或成果方面的缺憾，完全無法阻擋他的全面優勢碾壓……中國人怎麼啦？各位同學，時代早已變了，中國不再是一個巨大的零。你們被仰視、被歡呼的機會都已近在咫尺！

聽眾們都驚得說不出話來，甚至忘記了鼓掌。

投影幕布上又出現了瑪雅人的兒童詩、民間塗鴉、婦女手工藝品……報告人無非是要讓聽眾們明白，讀書並不是一切，參與公益同樣是人生的必修課。剛才大家看到的就是一個NGO項目，也是他資歷的一部分。

會場上的複雜情緒已經炸鍋：

靠，我這輩子算是白活了呀。

我恨不得掐死自己呀，怎麼就墮落成這樣？

這種報告太虐心，不能再聽了，不能再聽了，求求你好嗎？

……

不知為什麼，當四周的娃娃們爭相舉起手機，爭相在報告人那裡求合影和求簽名時，林欣興奮之餘，不無驕傲之餘，卻突然有一點迷惑。她沒聽錯吧？「六位數」和「永遠免稅權」是什麼意思？她一直想聽到那以後還有什麼，可偏偏就沒有了，就轉到什麼瑪雅人去了。好吧，就說說瑪雅人，她在車上曾問過這事。如果她沒記錯，孫波當時一臉微笑，聳聳肩，挑挑眉，說那些黑色小矮個啊就是喜歡散漫，喜歡自由自在，不願當經濟動物。其實那也挺好，外人完全沒必要去改變他們，您說是不是？……

他確實是這樣說的。既如此，剛才那視頻又算怎麼回事？NGO是不是「外人」？NGO要來幹什麼？NGO不過是來送娛樂，送熱鬧，送新聞熱點，秀一把情懷？是來積攢宣傳花絮，拍出漂亮視頻，以便將來申請經費或職位時播放示人？有了與這些黑矮個們混過的證據，一個當代精英的正義感和崇高精神就無可懷疑？

他不會是這個意思吧？

林欣這些年長期打交道的啞童、盲童、聾童、自閉童……也喜歡散漫，喜歡自由自在，大概也不願當經濟動物（慢點，「經濟動物」這個詞的手語該如何比畫）？但一個個真實而活潑的生命就在這裡，就在你的面前，他們的處境是否也不需要改變？或者說改變在什麼意義上，該被仙風道骨的高尚者們看成了多餘？

博士是不是對這一疑問還會微笑著聳聳肩？

林欣從事特殊教育，多年來見過不少愛心人士，也見過不少愛心表演家。她其實很想說的是，六位數就六位數吧，自己的學生應該說已經夠好。彬彬有禮，人畜無害，說到哪裡去都是清流，起碼比他爸當年要強得多。他精算前程，精準打擊六位數和免稅權，也不是什麼罪過——事情倒可能是你落伍了，怎麼說呢，老林啊老林，一個九斤老太終於煉成，你對新時代少見多怪了吧？

不過，林欣走出會場時，還是心裡不是味，甚至有點垂垂自憐的傷感。這一天，孫波送她去機場，她覺得手腳僵硬，口舌笨拙，腦子裡空空的，不再有上去抱抱的衝動，甚至連伸手拍拍肩或摸摸頭也有遲疑，不知該說什麼。在那一刻，她吃驚地發現，眼前這張娃娃臉的清秀、溫和、文雅、勤奮、低調奢華其實太完美了，太有設計感和操作意味，嘀嘀噠噠的鐘錶式活法，倒透出一種不遠不近的冷冽。

「還有六分十秒。」博士看看手錶，靦腆地微笑，「老師，海角天涯，機會難得，您再給學生一些指教吧。」

「同你相比，我都快成野人了，還能指教你？」

「不不，我說過，我是您永遠的學生。」

老師猶豫了一下：「有件事，不知當不當說。」

「您說。」

「……你爸的墓地，你有機會要不要也去看一下？」

「林老師，怎麼說呢，您覺得有這個必要？」

「他畢竟是你爸。」

「我現在時間挺緊的，成天都是掐著錶，踩著點……」

「你爸其實後來已變了不少，真的，我知道。你別看他嘴臭。聽你嬸嬸說，你的足球，你的書包，他還一直留著，藏著。」

「老師，您忘了，我已經姓孫。」

「您還有同父異母的一個妹妹兩個兄弟，其中一個差不多全瞎了。」

「我真的很忙，忙得差點透不過氣來，又工作，又學習，還有未婚妻，還有NGO的好幾個項目……」

「悠著點，別把自己繃太緊。」

「老師您放心，我記得您以前講過一張一弛的道理。其實我也游泳，打網球，彈鋼琴，有時也看一點科幻電影。戴維斯的黃金作息表，我在北大時就是嚴格實行的。」

他提到一個美國的健康專家。

哦，哦，戴維斯，林欣半張著嘴，不知該如何聊下去。

時間到了，飛機從那個略顯卡通化的梅里達機場緩緩滑出，頂著白熾化的陽光騰空而起。林欣遠望綿延天際的墨綠色熱帶雨林，遠望窗外逐漸全面下陷的屋頂和田野，直到一切都模糊不清，縹緲如幻。她把手中一張名片順手塞入椅背的小布袋——那是對方分手時給她的。

與十幾天前的那一張相比，這張新名片多了手機號和地址，顯然是更親近的表示，是進一步邀請或許可的暗示，是更高等級的關係認定和信用授權——如此分寸感，再現一種奮鬥者的精算。但問題是，她不知自己需不需要它，下機時會不會取回它。她更不知回到中國後，接到他母親的電話，還有老馬家各方可能的電話，她該如何啟齒。

第十八章
重新開篇

I'd rather be a sparrow than a snail,
Yes I would;
If I could,
I surely would.
...
Away I'd rather sail away like a swan...

林欣找到馬湘南的墓碑，獻上了一束花，想起了對方當年的一張娃娃臉，想起了這一首〈老鷹之歌〉。當時是英語課的教唱吧，教室裡只有他的吼叫橫衝直闖，完全不搭調，氣得女老師差點要哭。

同學們紛紛舉報，說他是故意的，就是故意的，老師你打他！

老師當然不能打。

大家說老師你儘管打，我們都給你作證，你沒打，是他打了你！

林欣現在想起這些，是因為前不久接到過一封信，差不多是一位學生家長應該早二十多年發出的信：

林欣同學：

你好！

你調回家鄉後，我們還沒見過。有件事一直想跟你說，沒找到合適的機會。大二那年，你託我買一台卡帶錄音機，我說水貨過境時被海關吃掉了，賠了你三塊電子錶。你還記不記得？想起來了吧？其實海關那事是我編的，六百元錢是我昧掉了。對不起，昧了你的錢，還讓你覺得我很仗義，生意做虧了還能認賠。

你不要罵我。我年輕時有些事做過了頭，現在向你補一個道歉，也連本帶利（按銀行定期最高利率）將錢還給你。我知道你不缺這個錢，但總算是一個了斷。趁我還沒痴呆，腦子裡還沒長草，再不做我就會忘了。

我那個不成器的兒子，還希望你繼續關心和指教。

此致

敬禮！

馬湘南　拱手

三月二十日

她想了想，好像當年是有過錄音機這麼回事。信中未提到的是，那次他塞來三塊劣質的電子錶，液晶跳字的那種。他又突然說眼裡進了沙粒，請她吹一吹。其實是這豬頭借機拉近她，最後一把摟住她，頂在牆頭強吻。

「好小氣……」他挨一猛拳是在情理之中，於是胡亂擦拭鼻血，一溜煙狼狽而逃，「有什麼了不起？一個白骨精，白骨精，白骨精！」

她撿一個石頭，在摩托的塵浪中追出了好遠。

不管怎麼樣，他多年後的一聲道歉仍讓人動心，只是這種道歉太意外，透出了寒涼，似有某種臨別善後的味道。

她算了算日子，這封信確實寄出在馬湘南出事的三天前——不，那不是什麼跳樓，談不上什麼抑鬱症，他只是去陽台上給鳥籠噴藥消毒，一不小心才不幸墜亡。公司是這麼說的，家人是這麼說的，好友是這麼說的，小區保安等目擊者差不多都是這麼說的，連醫院、地方媒體後來也予以確認：一位愛鳥人士的偶然失足墜亡。（既如此，小說裡此前的有關描寫也許應該修改，請讀者們注意。——作者注）

她沒去參加追悼會，哪怕那麼多同學都去了，連與他公堂對簿過的肖鵬也去了。她的猶豫是自己去了該說什麼，該不該提到自己有過的預感？該不該忍受各種誇張的溢美之詞和親密之情？在沉重的哀樂中，她能不能及時流出眼淚？如果流不出，那麼面對其他人的淚眼會不會有些尷尬？

是的，如果說她以前看不上馬湘南，眼角裡壓根就沒這個奸商、兵痞、紈絝少爺，但一封信讓陳見轟然破碎。姓馬的你道什麼歉呢？你也知道道歉啊？你是不是想說，你不是你，並沒那麼壞，至少是一個不那麼壞的父親，是一個珍藏著忤逆之子那些足球和書包的父親？如果命運給你機會，你還可能成為著名的公益大佬，斥資拯救吸毒少年，投入國家的生態工程或高科技項目，把公眾最熱切盼望的海外國寶贖回？再不濟，你也可以成為一個普通的退休老人，提一個保溫杯，在路邊下下棋，給外來人指指路，給鄰家孩子摺疊紙飛機？

也許，正像他不久前私下裡感嘆的：「做人還是傻一點好。」

「怎麼傻？」當時陸一塵也在飛機上。

「就是腦袋被門板夾癟了，又在尿桶裡泡腫了，不曉得十塊錢比五塊錢大。」

「什麼意思？」

「老子說不清。」

「兒女情長了吧？是想說說你前妻，還是想起了馬波……」

「不要提那個臭王八犢子！」

「馬哥……我發現你越來越深奧了。不得了，你老人家的戰略意圖和天機參悟，我實在跟不上。」

飛機已開始爬升。窗下那無邊無際的新城區樓盤，那些百萬級的或千萬級的豪宅和高樓，平日裡讓人倒吸一口寒氣的輝煌財富，頃刻間越變越小，不過是一顆顆微粒，如同遼闊沙盤上的蜂窩蟻穴，一個小指頭便可橫掃無數——何況這樣的沙盤大同小異千篇一律一望無際，讓馬總頓時覺得了無意趣。在那一刻，不僅地產是個屁，陸一塵這次的出遊邀請，他為老同精心挑選的極品攝影器材，在馬哥看來同樣是無聊透頂。

眼下，林欣從墨西哥歸來，來墓園獻了一束花。這與其說是追補一種惜別，不如說更像一種百感交集的恨別——她在青年時代居然攤上這麼個鬼人，到最後還煩上加煩，收到對方遲到了二十多年的幾句話，還有一筆退款。馬湘南，你幹嘛不一混到底？就不能讓人們輕輕鬆鬆痛痛快快地忘記了事嗎？你不由分說地來了，又不由分說地走了，張牙舞爪地來了，又張牙舞爪地走了。你硬是個魔王，是騙子、狂徒、爛人，簡直構成了一次突襲，到最後還要讓人們失去忘記你和不在乎你的理由，讓人們一時心酸卻不知為什麼。

偌大一個墓園，那麼多墓碑上陌生的名字，天知道埋藏了多少不為人知的故事，多少當事人都想忘記的從前。他們該忘記嗎？他們不該忘記嗎？他們能忘記嗎？他們不能忘記嗎？忘記可能既是一種自我告別，也可能是一種自我躲藏。事實是，要命的事實是，往事可以忘記卻不能塗改。將來的往事即眼下的一切同樣沒法塗改。想想吧，如果人們知道自己的將來必定面目全非，眼下是否還會願意長大？但如果人們總是忘了從前，那又怎麼證明已經自己長大了，知道長大還是值得的？

一隻紅頭鳥飛過來，落在某塊墓碑上，看了林欣一眼，很快又撲啦啦飛遠。

一陣狂風同樣颳得有點不明不白，擠壓得小樹林裡各種異聲此起彼伏，聽上去像放鞭炮，像山崩石裂，最後餘下疑似老人的咳嗽，咳不下去的斷斷續續。

她進入小樹林時接到了一個電話。對方自稱為省教育廳幹部，說她的一位俄國同行來了，與她在北京見過面的，想盡快再次見到她。皮埃爾教授的行程有點緊，望她有所諒解。

這樣，她來不及回家換裝，只是攏了攏頭髮，直接去了鏡湖酒店。沒料到一推開包廂門，沒見什麼俄國人，撲面而來的卻是滿堂大笑。她沒推錯門吧？不對，毛小武在這裡，肖鵬、趙小娟也在這裡，還有幾張似是而非的臉，應該也與她有過什麼關係——只是這些人已變形，身體線條早已潰散，眼袋啊，肚腩啊，臉斑啊，肥臀啊，枯髮啊一個勁地冒出來，撐破了記憶中的青春定格。

「對不起，皮埃爾先生向你致敬。」有人笑著前來相迎，「儘管你一再拒絕，大家還是強烈要求，挑一個週末，補償你一次約會，算是我們假仁假義吧。」

這人是誰？大白牙，大酒窩，卷毛頭，是不是姓……

「陸一塵！」

她終於想出來了。

「再想想，他是誰？」陸一塵指定另一個，再指定一個，一一考驗遲到者的記憶力，很快就考得她滿臉通紅。「……不好意思，罪過罪過，我承認我不像話，但誰叫你們自己長得牛頭馬面？」她被再三罰酒，靠一份當年的酒量，雖喝紅了臉，但還算撐得住。

好容易，名字與面孔總算全對上號了，杯觥交錯也開始了。但交談卻並不容易。跨越二十多年的重逢，往事從何說起？各人的沉浮、各人的哀樂、各人的所見所聞所感所思，一齊湧向喉頭，如各路車流一齊撲向十字路口，反倒造成了堵塞和卡位。有好一陣他們吞吞吐吐，只能喝湯，再喝湯，吃菜，再吃菜，權當是腸胃的聚會。

既然吃上了，食品還算方便的話題。終於，有的宣傳野菜，有的推薦魚湯，有的扯到枸杞和甚至艾灸，一場食補和食療的知識大賽開始，業餘醫學普及隨之跟進。血壓、血糖、血脂、冠心病、類風濕、骨質酥鬆之類都納入話題。他們今天好像不是來吃飯，而是來吃藥，是以藥會友，是以醫為樂。面對滿桌的維生素膽固醇氨基酸微量元素，這些全心全意活命的養生專家明辨秋毫，知識豐沛，出招難分伯仲，不把每一個人體器官都監管到位和滋補到位就絕不罷休。

說了健康，大概就該說說股票了。不過陸哥交代過，今天特殊，是賠禮性的、慰問性的，得按林姊的套路來，得全面提升道德文明風尚，誰不說點心靈雞湯，他就跟誰急。這樣，銅臭之物不提了，就說說孩子們的事吧。學區房該如何找，電子遊戲該如何戒，理科和文科到底哪個有前途，出國留學有什麼新動向，女孩子進入社會高端前必修的鋼琴或古箏該去哪裡修……為人父母者向曹立凡、肖鵬這些老教師請益，又各抒所見，各敘所聞，有時還掏出手機，相互交換有用的電話號碼和聯繫人名，一不小心便高瞻遠矚，他們超前關切到孫輩的教材和假期旅遊，包括打聽馬湘南那公子的成才之道。

既說到馬湘南，因小說一事引起的名譽侵權官司也就沒法回避。

「小說？」林欣愣了愣。

「你還不知道哇？你兵馬俑吧？」陸哥大感意外，「我們這些難兄難弟難姊難妹，一個個都被這個渣渣恣意醜化，成了他沽名釣譽的犧牲品，成了他的人肉筵席。連他太太都看不下去，一再要他筆下留人。」

「鍵下留人。」肖鵬更正。

「摳字眼，有意思嗎？」

「對號入座，有意思嗎？」

「你敢說不是拿我們的痛苦騙稿費？」

「人名地名都換了，我礙著你們誰？你硬要自己入戲，自己加戲，越演越來勁，我有什麼辦法，能把你摁在罈子裡憋死？」

「臭馬桶，你還有理啦？」陸哥恨恨地推眼鏡，「告訴你，馬哥的事我還沒說……老子不想捅傷口。」

「捅，你捅啊。」肖鵬拍桌子，「你嚇白菜啊。我把馬哥怎麼了？是不是有謀殺罪？到底是哪一段哪一頁殺人了？」

「小子，人在做，天在看。」

「我罪惡滔天，以後吃飯噎死，喝水嗆死，過河淹死，上山摔死，好不好？」

桌上氣氛驟然緊張，雙方都橫了眼睛，出了粗氣，喊出了老綽號，老子來老子去的，一點斯文蕩然無存。不過槓頭脾氣才是標準的校園風，倒有一種久違的親切，讓人們放下矜持，找回幾分輕鬆與活躍。

肖鵬被旁人勸回座位，對林欣苦笑：「不好意思，我不過是寫著玩玩。他陸一塵從來就是雞腸小肚。」

「對不起，今天我堅決擁護陸哥。」趙小娟衝他哼了一聲，「你寫就寫，扯上我幹什麼？什麼眉來眼去，什麼塗脂抹粉，我是那樣的人嗎？」

「那些我早刪了，不信你去看看。」

「你腦子裡肯定沒刪，看過的人也沒刪。」

肖鵬向毛小武求證：「你說，我刪了沒有？」

兔唇哥一直蔫蔫的在看手機，像從夢中醒來，眨眨眼：「什麼呀？你寫了什麼？」

「看看，社會影響清零，小娟，你放心吧。」肖鵬認為自己已脫了干系。

「不，你犯罪意識根深柢固。你說，你柿子專挑軟的捏，為什麼不敢黑林姊？今天得說清楚，老實交代，你是不是對她搞過心理越軌？」

有人開始壞笑。肖鵬也苦笑，「手心手背都是肉，你們都是我的嫡親同學，我深情緬懷都來不及，怎麼黑得了手？又能黑到哪裡去？至於林爺，我實話實說，對她曾有過好感——注意，過去時態哦，那是一兩顆青春痘，沒什麼大不了。在齊太史簡，在晉董狐筆，卑職以鐵面無私為基本原則。天地良心，她抽菸的事，我寫了嗎？寫了。她圖書館偷書的事，我寫了嗎？寫了。她那個從南京千里迢迢找來的求愛者，風流倜儻的研究生，就因臉上少了道疤，被她覺得太奶油，缺少苦難感，最終把他轟出門去，轟到大雨裡，肯定轟出了感冒高燒。當時連我都看不下去，心寒吶。」

林欣搗了他一拳，但不妨礙舉杯一笑，「沒關係，你繼續寫，怎麼抽風都行，編桃色新聞也無妨，只要沒用老娘的名字。」

「陸一塵，你看看人家，你看看，這才叫範，這才叫氣度！」

「我就不信你真忍得住。」陸一塵斜盯著林欣。

「需要忍嗎？如果他寫得不像，那麼怎麼寫都是寫別人，我犯得著生氣？如果我生氣，那只能證明他寫像了，寫的是事實，我生氣那就是自我舉報啊。」

「太對了！」肖鵬激動得帶出一陣咳嗽，邊咳邊打開手機，「我得記下來。這樣偉大的邏輯，我當初就該拿到法庭上好好宣講。」

「再說，我林爺也可以寫，是吧？現在全民文青化，個個都是口水客，誰不能寫幾筆？難道還怕他一手遮天不成？」

對，對，桌上發出噼噼叭叭的掌聲，還有興奮的七嘴八舌。林欣你說說，你要寫什麼？你什麼時候寫？打算寫小說還是回憶錄？打算發雜誌還是掛網上？你不會害得我們再一次高血壓吧？這年頭大家都脆弱了，就像你剛才說的，差一點只剩下全心全意地活命了。你行行好，多上點雞湯，多上點境界什麼的。你要虐就虐肖鵬，不能便宜這小子。千萬別相信他的一往情深，他那點悶騷一錢不值。軍中無戲言，你一定要寫，一定要寫成啊。同志們，顛倒了的歷史必須再顛倒過來，正本清源撥亂反正刻不容緩。千年的冤要申，萬年的仇要報，俺們千家萬戶終於有了主心骨，出頭之日就靠你林大俠啦……

林爺把剩酒一飲而盡，「好，你們等著。」

「剪綵，開工剪綵——」曹立凡再次提議碰杯，預祝又一顆文學之星高升，又一部亂臣賊子所懼的巨著今日開篇。

直到杯盤狼藉之際，他們分別邀舞，分別邀伴合影留念，你捶我一拳，我瞪你一眼，你說我裝少女，我說你胖得沒原則，都痛恨日子過得太快——他們這些王八蛋啊，當初是怎麼碰到一起的？這輩子怎麼就沒躲過這人生的不幸呢？往日過於潦草和匆忙，眼看著人生的秋天已近，他們什麼時候也會完全走散的吧？他們這些枯草落葉終將在人海的哪些角落裡一一熄滅？

那是紅河谷的日子，三套車的日子，莫斯科郊外的晚上和年輕的朋友來相會的日子。記得那一次，他們去陸軍醫院慰問傷員，因傷員的專列誤點，活動結束時已是半夜，公交車統統收班，他們走回學校時已至凌晨。大家索性就不睡了，趕去新華書店門前排隊，等候開門時搶書。那時的書店比任何商鋪都要熱鬧，無非是十年後出版解凍，青年們搶一本莎士比亞、普希金、托爾斯泰、雨果、巴爾扎克、屠格涅夫、契訶夫、茨威格什麼的，都像餓虎撲食，都像奉經成聖，讀著讀著就有一種恍惚，一種自己正在變高、變廣、變大的大昇華，一種日子之外還有日子或天下之外還有天下的原來如此——那激動，眼下想起來都難以置信。

那時他們多麼年輕啊。疏星閃爍，寒霧流淌，街道上空寂無人，連出門最早的清潔工和菜販子也沒動靜。排隊者卻一點也不覺得睏，也不覺得冷，靠蹦跳，靠擠撞，靠喊喊叫叫，在檐下牆根取暖。他們的校徽被其他排隊者關注和議論。不用說，作為恢復高考後最早的一批，他們差不多是稀有動物，是準明星群體。不少公交車售標員對初到本地的大學生擅自免票，凡去大學報到的，都可以蹭車且優先登車。連學校附近那些補鞋的、配鑰匙的、修單車的、筆桿刻字的、搪瓷盆補漏的、上扣子改拉鍊的、賣大碗茶的、沖洗照片的……也都涉嫌優親厚友，只要看見大學校徽，就像見到失散多年的親侄子或親外甥，能算成本價就成本價，能不收錢就不收錢，你拉我扯好一番客氣。

大概是發現了這一點，有些騙子便冒充大學生，在街頭擺一個紙牌，申明自己慘遭偷盜，或家裡窮得交不起學費……希望好心人捐助學費。

警方抓過好多這樣的騙子，還在報紙上廣而告之，望市民不要相信騙子的校徽和學生證。但這類騙子還是屢屢得手，讓不少路人情不自禁往小盆子裡扔錢，甚至把圍巾或大衣披到可憐人的身上。

那是不是很可笑？

那時的陽光在洶湧，柳芽和槐花瓣在尖嘯，每條大道都在躍動和翻騰。然而十年過去了，二十年過去了……歲月嘩啦啦不斷提速。誰也沒料到，當年的稀有動物們居然一眨眼也就老了，再聽那種騙子的故事，可能困惑，可能漫不經心，甚至根本不相信——這世上裝和尚尼姑還差不多，別一枚大學校徽也能騙財的事，豈不是天方夜譚？很多當事人就是這樣對肖鵬說的。但他不願刪改，不願放棄自己的記憶。到底是他錯了，還是別人錯了，他甚至覺得那並不重要。就把自己當作一個臥底吧，他哪怕與所有人為敵，也得賭上自己的腦細胞，在敵占區堅守自己哪怕無謂的記憶權。

在西伯利亞礦坑的深處，
望你們堅持著高傲忍耐的榜樣……

陸一塵，你那時的牙齒好美好白，來自少年宮的大酒窩燦爛如花。你曾朗誦過這首〈致西伯利亞的囚徒〉。

日落西山紅霞飛，
戰士打靶把營歸。
胸前的紅花映彩霞，
愉快的歌聲滿天飛……

馬湘南，你那時好靦腆，肩膀好寬厚，手掌好堅硬，大皮鞋咵咵響。實在卻不過了，你便吼出這首你唯一不會跑調的歌。

不知什麼時候，小武大概是喝多了，衝著手機開吼，要對方去找馬湘南，馬上找到他，就說老同學在這裡嗨歌，點了他的歌，要他趕快來鏡湖酒店上班！

大家吃驚地看著他，一時不敢吱聲。

「放心，放心，肯定找到的……」兔唇哥回頭一笑，收起手機，踉蹌了一下，把胸口拍得山響，「豬頭老總肯定會來的。他要不來，看老子怎麼收拾他！」

肖鵬把杯中剩酒潑在他臉上，「你小子不經喝啊？」

兔唇哥抹了把臉，眨眨眼，「我今天根本沒醉！」

林欣看來很受刺激，突然捂住嘴，丟下話筒和伴唱前奏快步離去，直到衛生間那裡發出關門的巨響。

第十九章

現實很骨感

肖鵬陪戰國時代的惠子來到江邊散心，選在夜靜人稀之時，是不想被閒人們指指點點。不過他們還是偶遇遊人，還有若干男女一次次回頭，詫異惠公的頭巾和長袍大袖。那些人可能以為是又一種時裝面世，或是附近在拍攝什麼古裝電視劇，一位未卸妝的演員，與友人出來溜達來了。

岸邊有一行垂柳悠悠搖拂。江面上有月色光斑閃爍，遇到江面的回頭水，便出現一束束光斑的穿插回環。偶有漁船的剪影從光流中無聲掠過，送來一種童年的味道，遠方的味道，人們心中若有若無的什麼。

「你怎麼像個古代人呢？」一位孩子大為驚訝地盯住惠子。

「我本就是古人麼，這不，從魏國來。」

「魏國在哪裡？」

「魏國……在北邊。」
「北邊只有蒙古。」
「怎麼說呢？從你爸爸往上數，數上一百多個爸爸，那時候就有魏國了。」
「不對，古人都死了，你肯定也死了，不能在這裡走。」
「誰說的？」
「書上說的。」
古人拈鬚哈哈大笑。
惠子告別疑惑的娃娃，回頭問肖鵬，聽說你還邀請休謨、康德、維特根斯坦來過，是嗎？這些番人初入中土，在這裡還過得習慣？
「還行，還行。」肖哥說那些番人只是不習慣這裡的擁擠和喧鬧，經常捂耳朵，動不動就揉胸口，對飯菜倒是還喜歡，每頓比他吃得還多呢。他們最喜歡「老乾媽」，夾在三明治裡吃。
「是嗎？性相近而習相遠。如此『老乾媽』，性焉？習焉？」
惠子環顧江面，說這裡的景色確實不錯，比魏國滋潤與溫和許多，不過他這次來，不一定能給肖教授的選修課幫上忙。小說到底有沒有用，有多少用，他對這一問題思之甚少。他說到陸一塵，「就是你肖先生說的那個，他嘀咕什麼來著？……這事也怪，他不是你寫出來的人嗎？不是把他寫成了你的大學同學麼？他為何多事，攪得你心煩意亂？」

「是呀，是呀，我沒用他的真名，也雜用了其他人的素材，照說不該有事的。但這傢伙非要同我糾纏不休，都成精了，管不住了，自行其是了，你說怎麼辦？」

「其他人也都這樣？」

「不全是，得看情況。」

「肖先生，我不懂傳奇，不便妄言，不過你得注意，他陸先生說作者不是巫師和上帝，沒有話語霸權，整個世界不能任由你們呼風喚雨，這一點倒沒錯。自古以來文字不失為一種高風險物品。」

「惠公，我承認，立言須謹慎。我也承認，文學並不能改變世界，但文學能改變人們對世界的看法，而看法也是世界的一部分。我沒說錯吧？」

惠子停了停，用蒲扇指了指前面的河面、圓月、柳樹和路燈……「你看看，你想想，這就是世界，你寫不寫，你如何寫，它都在那裡。肖先生以為然否？」

「先生，你容我接著往下說。事情是這樣的啊，如果我不寫，更多的人就不知道這條河，這個月亮，這些柳樹和路燈。是不是？就像前不久我們在那鏡湖酒店聚會，陸哥非說他在停車場見義勇為了，人家小姑娘後來還感激得要下跪了——

我倒是願意信啊。他口口聲聲自己這輩子做過的好事，論件至少是三位數，我也願意信啊。問題是，你信嗎？更多的人信嗎？如果沒有人將其紙寫筆載，那麼一切就不過是無。」一如□□

肖教授進一步逼問惠子：「請問，他那裡到底發生過什麼？」

到底有何感人之處？

惠子哈哈大笑，擊掌三聲。「肖君善辯也。沒錯，這世上名實相依。無名之實徒為實，無實之名枉為名。哲學說到根子上，也就是名實之辨。」

肖哥興奮起來，給先生獻上一瓶礦泉水，進一步報告自己的所思：「惠公，沒錯，這世界上確有『事實』，但更有意義的是『可知事實』。不是嗎？在理論上，前者大於後者；而實際上，若不借助後者，前者再大也是一片無謂和無效的黑暗，幾乎毫無意義。世人想一想便知，口無憑，字為據，若無相關文本，公眾從不知曉也永不知曉的一切，在多大程度上算是發生過？即便被當事人所親歷，一旦時過境遷，一旦經年累月，會不會也被漸漸遺忘，成為一握空氣、一縷青煙，最終彌散於天地之間？」

肖哥克制不住自己的辯才，乾脆在這裡上一段旁白：本篇小說的讀者們，女士們，先生們，當著惠公的面，你們現在可以走出房門或拿起電話，去問更多的人，問更多更多的人，看是不是這樣——有誰知曉鏡湖酒店那天晚上，公民陸一塵到底幹了什麼？還有更多的公民，他們的這事或那事，何以成為事實？憑什麼就是你們心目中的事實？

惠子點點頭，「然也，然也，此語可圈，機鋒不俗。肖先生，事情不妨這樣說吧，作為一種把『事實』轉化為『可知事實』的基本工具，把混沌之實變成可辨之實的基本工具，文字以及文學——就是番人那個廣義的 literature，便為人類的立身之本了。用番邦的方式說，名也就是實的敞開，是實的到場，是另有硬度和溫度的實呀。」

江上有一燈光閃閃的客輪駛過，正拉響一聲沉悶的汽笛。兩人繼續相談攀談以至樂而忘返。

這天夜裡，惠子最終不知去了哪裡，不知還說了些什麼。用肖鵬那些學生的話來說，他也許愛上了「老乾媽」，連夜給莊子老哥代為淘貨去了，說不定還打算在魏國、齊國那邊開店呢——這些戲言活躍了課堂內外。

接下來，有那麼一段時間，惠子的頭巾和長袍大袖在校園裡若隱若現，飄忽無蹤，使這些學子們很快迷上了哲學。他們滿嘴「名」啊「實」啊「文本」啊「符號」啊「此在」啊，都是些神兮兮的詞。

他們甚至對立言這事興致勃勃信心百倍，寫的寫日記，開的開博客，辦的辦雜誌，還一口氣成立了三個社團。有一位男生曾前來敲門，掏出U盤向老師請教。肖鵬以為U盤裡是一篇短文或幾首詩，沒料到對方淡淡地說，是四個長篇小說，其中一個是關於唐朝的，一個是關於明朝的，一個是寫機器人的，一個是寫火星生命的——這差一點嚇得老師跌倒桌下。

肖鵬總算把腦袋拍回現實：「等等，等等，你再說一遍。你說盤裡已有六百萬字，沒開玩笑吧？」

「不開玩笑，我本可以寫得更多。要是吃爽了喝爽了，我每天能刷一兩萬字。」

「不是這個意思。我是說，你為什麼要寫這麼多？」

「多嗎？人家大神，上一屆二班那個『我來吃大蒜』，一天三四萬呢，一個學期就掙了台普桑，差一點就是凱美瑞。」

大蒜什麼的大概是一個網名。

「他寫了什麼？」

「誰知道呢。」

「你是說，你沒看？也不看？」

「需要看嗎？」

「你們互相之間……平時都不看？」

「看車，看女朋友，還差不多。」

「那你為什麼要我看？」

「哦，你是我偶像啊。」

「作嘔的嘔吧？」

「你的學生多，裡面肯定有不少編輯和記者。據說你還認識上面的人。現在這社會，就這樣子啦，沒關係什麼都免談。是不是？」

……

肖鵬覺得他們幾乎每一句都說岔了，都短路了，看來循循善誘是搞不成了。如果再往下說，說不定對方還會覺得他太迂，老幫菜一個，忍不住要直人快語地反過來指導老師呢，要上一堂人生課或寫作課呢。想到這裡，他趕緊把後面的話頭咬了回去，只說自己要去買菜，再晚就買不到活魚了。

附一位學生的電子郵件：

肖老師好！您一時說文學不可信，一時又說文學特重要，是不是有點自相矛盾不知所云啊？您到底要說什麼？我承認，您在兩頭都說得有道理。我也承認，您把莊子、惠子、休謨、康德、維特根斯坦什麼的拿來卡通化，寓教於樂，課件做得超有趣。問題是，so what？現在已不是八〇年代了，我是指以後的論文通過、申報課題、C刊發表、拿職稱拿項目等等，用得上嗎？您懂的。

現實很骨感。非常抱歉，我不得不放棄您這門課了，得去插班文化產業研究。昨天的研究生課上，您突然卡住了，沒頭沒腦地看著我們，可能自己不覺得，一言不發竟有十一分鐘（我看過錶），搞得大家不知所措如坐針氈。當時您是不是在默默地說話？是在同誰說話？

好怕怕啊。我當時心生酸楚，對您好同情（請原諒，這個詞不一定妥當）。老師，您太累了，可能應該放鬆一下，更豁達一點，該放手的就放手，不要讓師母再把您經常倒鎖在工作室。外面的世界多精彩！

雖然我以後不再選您的課，但我永遠是您的學生，永遠敬重您。對了，順便問一句，最近您那篇小說裡的X君，原型就是您自己吧？想不到您也有年輕的時候，也玩得嗨，玩得邪乎。當年真是那樣嗎？你以前為何從不同我們說起？告訴您吧，我也是個大吃貨，最近發現一家最好的米粉店，在一個倒閉的印刷廠職工宿舍裡，很不容易找的地方。老闆每天限量賣三百碗，下午就去跳舞和吹薩克斯，您看牛不牛？但他的粉真是好吃，超級棒，鮮得不要不要的，可能比您小說裡寫的還要好。如果您願意，我哪天開車接您去，我請客。

我給您的小說貢獻一個題目：《修改過程》，用不用隨您。但我覺得比您的原名好。

我的名字叫容兒，雙魚座的。您能記住嗎？

好，不打攪您了。

謝謝！

第二十章·A 花花太歲

林欣和高雋珠終於查到了史纖老家的地址，也查到了當地派出所的熱線電話。只是對方幫不上多少忙。連史哥的一個遠親也在電話裡抱怨，史哥早不在那裡了，連親戚也很難見到，到底在何方發財，不是太清楚。

這就是說，像很多人的很多事一樣，沒人書寫就天下不知，史哥這個大活人可能成為一種空白了。

靠零星傳聞，肖鵬才把史哥的後事補入小說，就像讀者們眼下將要看到的這樣。

簡要說吧，他當年因病輟學，由父親領回鄉下老家，就與同學們基本斷了聯繫。後來只有樓開富出差去過那裡，順便看望過他，還幫過一點忙。同母校交涉的結果是，讓他補交一篇畢業論文，好歹發了他一個畢業證，有點照顧的意思。

靠這一文憑，樓哥作為省級黨報的大記者，樓哥又請託當地一位教育局長，給他在鄉村學校謀下一份教職。

不過他的病並未斷根，有時在講台上神情迷亂，講著講著便出軌跑偏，比如聲稱自己是當代最偉大的詩人，與艾青、郭小川是好哥們，與李白、陸游、蘇東坡更是忘年交和隔代的同門傳人，關係好得要燙手要冒煙。他還向娃娃們賭咒，說我要是有一句假話，你們就把我的卵子割下來，丟到山上去餵狗。

這當然讓學生和家長受不了，一致怨他為師不尊，出言荒誕，耽誤孩子們的功課，一張嘴比村裡王屠夫的屁還多。有一陣他患鼻炎，經常東一坨，西一把，濃涕到處汙染環境，刺激人們的耳膜，留下不少痰痕。教室前一棵樹的樹幹都被糊得亮晶晶——這更被大家視為師表盡失的惡相，一看就要吐。

他的教職沒了，老婆也隨一個照相師傅跑了。村裡讓他申請困難補助，給民政部門寫一個報告。他報告的第一句話是：「一個聲音回響長空，我是誰？我從哪裡來？我往哪裡去？……」整個報告寫下來，一共三頁幾乎都是詩，從天上到地下，從寫景到抒情，賦比興齊全，沒人能看懂。

補助一事也就不了了之。

最嚴重的一次發病，是他沒錢出版詩集，便流落各地現場朗誦，做一個行吟詩人，最後跑到北京，在天安門廣場發布新詩，一首聲嘶力竭的〈大地之夢〉，引來不少觀光遊客。結果可想而知，他被當作滋擾社會的嫌犯，抓起來嚴加審問，直到警方查明他不過是有腦病，才網開一面，交縣信訪辦派人領回。

自有了這次折騰，他活得更加氣不順，覺得周圍總是有事，所有人都在與他作對，特別是打壓他的詩才，連堂兄開的小賣部，也不給他賒燈油，總是勸他去做漆匠。於是他寫作時總是緊閉房門，保持一種秘密狀態，寫下每一頁都要用墊板複寫，一式多份，每一頁打上紅指印，用油紙包封，以便盡可能防流失、防竄改、防腐爛，防盜竊。最後，他常到自家後山去轉悠，是不是要把著作藏之名山，不得而知。

正是在山上，他結交了一位蜂農，後來隨對方翻山越嶺追花奪蜜，一直追到福建、海南、廣西，讓自己的生計多少有了點著落。他大學時代的普通話學習，使他比同夥更方便遠走天涯，與外地農戶交道。

油菜花、柑橘花、葵花、烏桕花、槐花、枇杷花、桂花、瑞苓草、野壩子、苕條花、荊條花、五倍子花……五顏六色，爭奇鬥豔，那都是上天餽贈的美麗和甘甜，隱伏在一條又一條流浪之途，隱伏在山那邊或水那邊的某個無人之境，似乎只待他去孤獨地發現。這一過程，在他看來與寫詩差不多是一回事。就像他後來誇耀的，萬美皆備於我，他成了一個花老倌，一個花心人，一個雲遊四面八方的花花太歲。啊啊啊你瘋狂的花，羞澀的花，淫蕩的花，呼呼大睡的花，恍然大悟的花，惡毒的花，質樸厚道的花，苦苦掙扎的花，高傲的花，東躲西藏的花，無精打采的花，活得很不耐煩的花，一個噴嚏打暈了自己的花……你們的萬紫千紅無一不是隱喻和典故，無一不是妙語和金句。他史纖用唾沫星子布播的你們，正在陽光下開花結果。

所有的鬼，所有的魂，所有的妖怪，你們統統笑起來吧——他喊出了山谷裡的陣陣回聲。

……笑起來吧。

……來吧。

……吧。

「你們都是我最了不起的啞子和聾子——」

「……和聾子。」

「……聾子。」

「……子。」

他相信，待他印書的錢攢夠了，他最新的《追花集》或《花心人集》必將再次一鳴驚人。

正在此時，對面重重疊疊的山影裡，有一塊出現了悄悄蠕動，繼而有隱約的歪斜。幾乎在同一刻，那裡的塵霧突然此起彼伏，一束束地噴射，成塊地彈跳，成串地翻騰，迅速淹沒了下墜的山體，如百獸狂舞萬馬飛奔一瀉而下，匯成了暗得發黑的沖天塵浪，一窩一窩地向外湧，向上湧，向前湧，往大裡湧，竟然湧之不盡，沒完沒了又無休無止。轟轟轟和嘎嘎嘎的各種怪異聲中，群山轉眼就空去了一角，變得有些眼生。天地卻陡然黑壓壓暗了下來。泥塵暴黑壓壓地遮天蓋地，正在輕鬆隨意地掃蕩人間，眼看著一口吞下了眼前半條山谷，吞下那些不過是盆景世界裡的小樹林和小草坡……他驚呆了。

這是久雨浸泡後的泥石垮塌？還是爆破施工造成的山體震裂？還是他史纖的幾聲呼喊惹下大禍，喊破了一個危險而又吉祥的天機？

他好容易在泥塵暴裡爬起來，重新浮現出來，抹了一把臉上的塵土，吐出了嘴裡的泥，眼裡充滿淚水。

後來他才從救援人員那裡知道，他是遇上了一次強度不低的地震，而且自己恰恰戳在震中區。萬幸的是，他親歷了一次場山崩地裂，居然大難不死毫髮無損，還收穫了一段牛皮哄哄的日後談資，更強化了對自己生辰八字的自信。相比之下，他的損失只是幾十箱蜂，還有兩筆蜜販子的欠款，算不了什麼。

這一天，他剛剛從菜地裡捉回一隻蜂王，避免了蜂群的跟隨逃逸。房東三麻子來找他，說在電腦上沒找到魚苗和二手車的信息，但看到一篇文章，好像說到了他，不知是何意思。

他半信半疑跟隨後生去看了一眼，既吃了一驚，又激動萬分。他沒注意三麻子在一旁說什麼，包括對他大學生身分的感慨，對他老家十八丈坪祖墳位置的好奇。他只是不斷揉眼皮，不斷擦汗，憋住呼吸，幾乎不相信自己的眼睛，看屏幕裡自己幾乎遺忘的一切。奇怪啊，這是文件，還是新聞，還是小說？對，看來更像小說，是多年前讀過的那種。那裡正不斷出現史纖史纖史纖史纖史纖史纖史纖史纖史纖史纖……這太古怪了，也太讓人心酸了。

史纖確實是他在大學時代自改的名字。那些事確實像他的事，至少有幾分像。他摸了摸鍵盤，摸了摸鼠標，摸了摸顯示屏和電纜線，覺得自己居然同這麼時髦、先進、奇妙、神聖的東西有關，實在不可思議。他一個蓬頭垢面的傢伙，一個吃百家飯走萬里路的花老倌，一個連老鼠都不大來光顧的窮光蛋，居然也能一傢伙進入了電腦，同社會名人差不多了。

三麻子忙不迭地給他敬菸和點火。

「去，砍一塊臘肉，炒一碗辣椒筍子，老子今天要喝酒！」他覺得自己上了電腦，有資格吃個點菜了。

東家果然乖乖地往廚房裡鑽，剁得砧板噹噹響。

喝過酒，他走到林子裡一排蜂箱邊坐下，不知何時眼眶濕潤，捂住了臉。他想起了作者所署名的肖鵬——印象中好像是有這麼個人，又想起了樓開富、毛小武、馬湘南的往事，他們確實是自己的故友。問題是，他曾決心把他們統統忘記，就當甩進山溝，沉到河底，不再同自己扯上關係。

不是嗎？他眼下算什麼？他真與那些往日同窗有過關係麼？如果讓他回到那些人面前，搓搓手，繞繞圈，不時假笑一下，憋不出一個屁來，把路邊廣告故作驚訝地發現好幾遍，是不是很有意思？幾年前母校曾寄來的一張校友登記表，幾經輾轉才來到他手上的。但那一頁紙上所列的職務、職稱、學位、著作情況、專業成果、社會影響、家庭情況、手機號碼、電子信箱等，一項一項都讓他沒法填，甚至大多看不懂——「電子信箱」是什麼？是不是要裝一個通電的木頭信箱？裝上防盜的報警器？

他參加過中學的校慶活動，倒是慶出了一肚子閒氣。活動實際上是圈錢，是掏校友的腰包，於是中午進餐時，他剛坐到桌前，剛操起筷子，就被一個後生拍拍肩，說他坐錯了地方，於是眾目睽睽之下被一路帶出大廳，去另外一處就座。原來，各方來客已被分成三六九等，捐款萬元以上的由校領導陪同進包廂，捐錢千元以上的圍桌在大廳，其餘則只能去操場排隊領盒飯。盒飯據說價值五元，其實只有一勺冷飯，半只咸鴨蛋，半勺酸包菜，幾顆花生米，就是小老闆打發農民工的那種。

他去加飯，竟被分發盒飯的年輕老師白眼。對方打量他的衣冠，問他的名字，叫來一個保安，要把他當作叫花子請出校門。

即便他掏出校慶通知，甚至掏出自己的詩稿，證明自己加一點飯的資格，但也沒加成，只得到一瓶礦泉水。

礦泉水還是楊老師給他爭來的。那是他的初中班主任，胖乎乎的楊嬸。當年他交不起菜金，只能蹲在籃球架下吃白飯。楊老師就偷偷把他叫去家裡，與楊家孩子一起吃，有魚肉時甚至多給他夾一筷子。她摸摸他的頭，整一整他的衣領，常說他是個好娃，將來會成為國家棟梁的，會給家人爭光的，會讓他爺爺他奶奶他外婆他外公他大伯他大嬸他二伯他二嬸他舅舅他舅媽都做得起人的，要被人舉三個大拇指（孩子們不知該如何舉）。不知為什麼，她無論鼓勵還是責備學生，總是扯上他們的親戚網，把他們一個不漏地全說到，讓孩子們的耳朵忙個不停，既有喜樂，又有惶恐。

揣上一瓶礦泉水，他卻不敢正對楊嬸的眼睛。後來，有一次他拉肚子，拉得脫了人形，還口吐濁臭自己都嗅得出來，居然又撞上楊嬸，他最不想見到的人，情急之下只能奪路而逃。

「這不是供銷嗎？你也來看醫生？……」對方追了上來。

「不是，不是。」

「怎麼不是？就是你嘛，史供銷。」

「錯了，認錯了。」史纖只能一裝到底，「你是誰？」

「你不認識我？我楊老師啊。」

「這位大媽，我是欠了你的錢，還是欠了貨？」

對方這才有點迷糊。

「我要上廁所了，你攔我幹什麼？」

「我真的看花眼了？」

「對不起。」

史纖捂住肚子再次逃逸。謝天謝地，他逃進了廁所，身後不再有婦人的腳步聲。但他心裡更慌，後悔剛才要臉不要仁義，簡直是傷天害理，說到哪裡去都只能用褲衩蒙腦袋了。他蹲了足夠的時間，沒拉出什麼，折返門外，見楊嬸出了醫院，橫過馬路，去了一個商店，去了一個菜場，又去了一個理髮店……他做不了什麼，最大的歉意表達也只能投送自己虛弱的目光。

他發現楊嬸已有白內障了。他原來打算，待新詩集出版，拿到第一本樣書就要給楊老師送去，但那時楊嬸還能讀嗎？如果不能讀，只能摸一摸，那麼他會好傷心啊。如果他在那個宿舍樓前進退兩難，楊嬸發現他時，會不會把他看成撿破爛的，會不會要他去哪個小雜屋，掀開油毛氈，扒開塑料布，拿走下面那些包裝紙盒和空瓶子？

眼下，他注意到屏上另一些鏈接帖，有一個相關民事官司的報導，有一個同學們邀約「班會」的公告，還有一個什麼徵求意見的視頻拍攝提綱——大概是為隆重班會準備的節目。他腦子有點不夠用，比如不知自己該不該去赴約。直到隨一車蜂箱上了大嶺，看見了剛剛冒出層層雲海的一輪鮮潤紅日，他才最後咬下牙關。去，去就去，這一次他還非去不可！就憑有人還惦記著他，就憑那份〈一九七七：青春之約〉的提綱沒漏下他的詩，他得給臉要臉麼，混得再垃圾也得那個一下麼。

否則是說不過去的。

這樣，他等到了那個日子，掐準約會的前兩天，帶上四十瓶桂花蜜，都用礦泉水瓶封裝好，加起來塞滿兩個大編織袋，挑上汽車，再換火車，一路直奔省城和母校。他把蜂蜜送到學校賓館，估計同學們會入住那裡，請前台人員到時候分發。雖做不到每人一瓶，但他的意思差不多也到了，多少回報了同窗們一點甜蜜。

接下來，他負手閒逛，在校園裡看了一圈，順便察看一下這裡的花情和蜜源。忠烈祠一帶還是老樣子，往日怪腔怪調的練聲隨風飄來，細聽之下卻又無處可尋。同樣不那麼確定的是，記憶中的那個誰，在荷池前梳過頭；記憶中的這個誰，在樹下背過書；記憶中的另一個，在草地上翻過筋斗……可惜這一切眼下都已印象模糊。

他找到老教室，發現比印象中的要小得多，要低矮得多，唯黑板字跡還未擦掉，看來是值日生的懶惰一如既往，等著他去代擦一把。他發現擦去的字都是大篆，是他當年記得最多、最熟的拿分神器，只是這些老夥計眼下竟完全陌生，不由得讓人一陣悵然。

他當然還得去看看操場、食堂以及宿舍。一路上是廣告欄，什麼雅思什麼托福，什麼日語什麼韓語，更多是一些舞會、野餐、旅遊、美容品、男模、遊戲比賽、吉他培訓、誠徵女友的招貼，幾乎無不字跡潦草，狗爪子撓的一般，哪像是大學生的字？作孽啊，這些小屁崽的書是從屁眼讀進去的。

好了，總算到了他最熟悉的男四舍。紅磚外牆久經風吹雨打，已由淺褐色變成了深褐色。樓前的香樟樹一棵棵已高大蔽日。他進了大門，上了樓梯，過了通道，走出了自己一路的腳跟發軟，不時扶一扶牆壁，好像還能摸到塗料所覆蓋掉的往日劃痕。三〇七還是三〇七，居然還是三〇七，已向他悄悄地洞開。這裡似乎還是充滿雄性們的油汗味、腳臭味、飯菜味以及青春痘的騷兮兮。不過日子畢竟富起來了，以前的上下八床，現已變成單層四床，而且床架改寬，由木質換成鋼質，自習桌則自帶射燈、書架、電源插座，塑膠套件一派亮麗光鮮。很多人的桌前貼有國外球星或影星的彩照。

他探頭看看，發現有一個男生在睡覺，另一個在打電腦遊戲，還有四個圍成一圈甩撲克。沒有人向他招呼，沒人注意他。「通關囉，耶——」那個遊戲崽突然跳到椅子上，咬牙切齒雙拳猛擊空氣。

他踩到了果皮，發現更多的果皮和紙屑，散發出酸溲氣味，幾乎沒法下腳。也許是情不自禁，是肌肉和神經自動發作，他咳了一聲，沒咳出什麼反應，便去找到門後的一個掃帚開始扒拉——事後自己也奇怪這種輕車熟路。

「大叔，你好啊。」一個打牌的娃很高興，把手中的飲料盒扔到掃帚下。

另有一人也把幾個揉成團的塑料紙扔過來，還補上一句：「師傅，三〇九肯定有西瓜皮，都臭到這邊來了。」

他被娃娃們當成了清潔工，包括接受不無好意的提醒：「劉師傅你來得好，我們這裡的紙盒子、廢瓶子，易拉罐，都可以賣錢的。」

他莫名其妙地接受指導和支派，跟著一個背影又去了三〇九，去了三〇八和三一一，接受更多的支派和歡迎。當他把一撮箕垃圾倒入樓道一端的大桶，聽到身後有人抱怨：「怎麼換人了？連掃業務也可以轉包，這種破學校，真讓人無語。」

「我不是轉包的。」他忍不住回頭更正。

「上次來頂班的劉師傅，就是你吧。」

「我不姓劉。」

「那你是誰？是來找人的？」

「差……差不多吧。」

「你找誰？」

是啊，他找誰？有什麼人讓他找？他今天衣冠楚楚不請自來，準備了一肚子歡喜，其實閒著也是閒著，不掃掃地又幹什麼？他想解釋一下，終究沒說出口。

「大叔，掃地也是正當職業，靠勞動吃飯，不丟人。」剛才那個歡呼通關的娃走來，遞上一張鈔票，「你去幫我買一箱酸奶，要營養快線，好嗎？剩下的錢歸你。」

史纖看了對方一眼，努力理解這一份新差事。

「大叔，你沒事吧？」

他聳了聳鼻頭。

「別啊，你今天有錢也不賺？」對方擠了一下眼皮，拍拍他的肘子，「你看我多喜歡你，多信任你，也不怕你拿錢跑了。」

史前輩重重吐出一口長氣，拍拍身上的灰，不僅沒接錢，還突然一跺腳，丟下了手裡的掃把。大概不甘心只丟一個掃把，他揚長而去。走到樓道口又咚咚咚轉回來，一腳踹翻垃圾桶，踹得那個桶咕嚕嚕又旋又滾，裡面的五顏六色潑灑一線，散發出混雜的溲臭，嚇得那個敬禮學生睜大眼睛快縮頭。若干腦袋此時也探出門口。

「喂，你們——說你們呢，你們都聽好了。你們是來讀書還是搓雞巴的？」他憋紅了臉，扭歪了脖子，指著一個個人的鼻子，好容易吐勻一口氣。「托你個福，雅你個思，你們也算是大學生？崽啊個崽，你們去外面看看那些牆……」他是指壁報和招貼，「那還算字？那是你們的字？坐沒坐相，站沒站相，哪是字脊出來的？你們老師的臉都丟到蛤蟆灣去了，連我都要看瞎眼了。你們是得了小兒麻痹症，還是中風邊癱，筆都扶不穩了？」

他又重重啐出一口，擦了把鼻涕，指著地上的垃圾，「你們看看這豬窩狗窩老鼠窩。老子本想給你們掃。老子今天偏不給你們掃，吃得再飽也不掃，看你們如何搞！你們一個個門高樹大，吃出了一肚子好下水，吃出了一身膘，都是爹媽的心頭肉，自己離鄉背井出來，注意點衛生有哪樣不好？當年我們在這裡不都是自己掃嗎？哪有什麼清潔工？你們每天動動手，輪著動動手，扒拉幾下，就當是寫幾個字，會死啊？崽啊個崽，你們都想坐轎子，哪個來抬？想偏你們的腦殼！」

娃娃們沒怎麼聽懂他的話，卻大體看懂了他的臉色。有幾個開始找掃帚，找撮箕，慌手慌腳忙亂起來。

「大叔，對不起……」一個男生前來道歉，大概是學生幹部。

史纖吃軟不吃硬，也緩和了些，「我狗脾氣，一張嘴巴臭，不該罵你們。你們能考上大學，還是好崽，值得三個大拇指。」

他轉身走了，沒走幾步又再次轉身折回，「話講清楚，我今天看得起你們，才罵你們幾句。我看不起的，眼角都不會朝那邊掛。曉得不？」

最後打一拱手，「好了。完了。走了。」

意思是他說完了，得正式告辭各位。

就這樣，他禮數周全，撇下男四舍驚愕的一群後生，離開這個學校。他無心再逛，無心購物和看地鐵，只是在商場買了一把梅花頭螺絲刀，是給一位房東捎帶的，然後徑直去了火車站。不料過安檢門時，一個金屬探測器在他褲襠處划拉一下，發出了嗶嗶嗶的聲音——這當然需要進一步檢查。他有點緊張，或者是被眼前警察的緊張鬧出了緊張。「你們要幹什麼？幹什麼？耍流氓啊？往哪裡摸你無聊不無聊？……」他保護褲襠的推擋讓人生疑，拒不配合的揪扯讓人生怒，最後的跺腳罵人更是不可容忍。想必是認定這傢伙有鬼，是近來追逃緝凶大會戰的重要目標，必須迅速控制。兩個大蓋帽說時遲那時快，一陣風撲上來，不容他掙扎和辯說，把他撲翻在牆角，死死地摁住，摁出了一個狗吃屎的姿態。

其實他褲襠那裡只有一枚金屬扣針，一點也不危險。扣針是他撿來的，用來扣緊內褲的密袋，也就是他的防盜裝置——確保自己一路上盤纏和貨款的安全而已。

這樣，他坐上火車時，嘴裡嘟嘟囔囔，一五一十清點貨款，左臉還火辣辣地痛。一首未完成的詩，寫在一塊包裝紙上，被他掏出來蘸去嘴邊的血痕，又擦拭一下鼻涕，然後隨手扔進了垃圾箱。

第二十章．B

飄魂

在肖鵬的筆下，史纖這一趟進城的故事，其實還有一段，後來被作者自己給否了，被剪下來移入備用文件夾。

也許可以拿來比較一下。這一段是說，史纖路過學校賓館時，在林蔭道上與一人擦肩而過，暗暗吃了一驚，回頭再看時，發現對方也回頭看他。他剛才只是覺得此人面熟，剎那間又發現豈止是熟，這人就如鏡中的自己，太像啦。待鏡中人慢慢走過來，再走過來，天啊，見鬼了，哪是鏡中人，不折不扣就是大活人，燒成灰也認得出和換不了的史纖啊。

儘管對方身穿一件光鮮西裝，抹了圍巾，還戴有胸花，大概剛參加過什麼儀式，但一張黑臉簡直是翻模複製，特別是那寬嘴薄唇和似乎總是咬緊的牙關。儘管對方鼻上多了一個眼鏡，還駝背，還鬢白，還喘，但一顆腦袋明明是從史纖這裡割過去的，絕對假不了。
「你是誰？」
「你是誰？」
「你是人還是鬼？」
「豈有此理，你才是鬼。」
史纖在冒汗，發現對方也變了臉色；覺得自己口舌不利索，發現對方的手指頭也在哆嗦不已。
「我是史纖。」
「我才是史纖。」
「我坐不更名，行不改姓。」
「笑話，我用這個名幾十年，誰都知道。」
「你肯定是整過容，故意整成了這樣子。」
「我懷疑你是演員。你在演什麼？有意思嗎？」
兩人互相抓住不放，越來越生氣，不知是要洩憤，還是要揭偽，還是要扭送犯罪嫌犯，反正嘴已不夠用了，你一揪，我一扯，你抓我領口，我擼你圍巾，發出了衣扣撕斷和腳步雜亂的聲音。那位史纖同款版的胸花也落在地上。

更重要的是，對方眼鏡飛了，只得迷迷瞪瞪鬆了手，踉蹌之際一聲大叫，踩進了路旁一條溝——史纖後來才知道，對方即使戴上眼鏡也是半瞎，常把電線桿影子當溝跳，這次倒把水溝當成了一道影子。

「我真是史纖，千真萬確啊。」對方爬起來，哎喲哎喲地揉腳，流出了眼淚，好容易找回眼鏡哆哆嗦嗦地戴上，說不信你看看那邊，看得見吧？

順著他的手看去，史纖發現路邊掛有大紅橫幅，「熱烈歡迎史纖研究員回母校講學」。橫幅之下的櫥窗裡，居然還有講座公告和來賓介紹。乖乖，講題是什麼殷商刻辭，太高深太奇怪了。

「騙子！這李鬼還上了天？」史纖看一看自己的同款版，又仔細打量櫥窗裡的照片，不知何時突然一擊掌，笑出了咯咯咯的尖聲。

「你……笑什麼？」

「我曉得了……」

「你沒病吧？」

史纖也在溝邊蹲下，「你不是李鬼，我也不是李鬼。你不過是我的魂，對不對？你今天飄岔了道，不識老本家，是不是？」

「迷信！」駝背人哼哼，「飄魂這種鬼話，你也當真。」

「不信也沒辦法麼。要不，如何這樣巧，我們一分為二，兩張臉叫一個名字？」

「不可能。我問你，你也做考古研究？你也懂河圖？懂禹王書？」

「你是說古漢語吧？不要門縫裡看人。告訴你，老子也有大學文憑，以前就在這個學校讀，住在男四舍。」

駝背人有點吃驚：「我也住過四舍啊。那你認得鄭明道先生？」

「太熟啦，鄭先生還誇過我的詩呢。」

「天可憐見，你還能寫詩？」

「不瞞你說，那時我腦子裡不缺油，轉得快。哪個讓我受氣，我就考個高分給他看看。哪個擺臭架子，老子就發表一首詩氣死他！」

「美言不信，信言不美。詩有什麼好寫的？」

「那你做什麼？」史纖坐下來，再次打量自己的魂，半信半疑不得其解，摸了摸對方的一隻手，摸得自己一驚。「兄弟，你這身子骨要熬乾了啊，還白了頭，駝了背，才五十出頭吧，看上去七十也打不住。你是受了哪樣的罪，累成了這個猴樣！你說說，研究員是個什麼差？」

對方搖搖頭，「說了你也不會明白。」

「一天能賺個三五百？東家包吃包住？」
「什麼意思？」
「每天也不上瓶酒、發包菸？」
「你懂什麼，以為我是上門做手藝啊？」
「那你肯定是被鬼打蒙了。」史纖瞪大眼，「你何不跟我去養蜂？脫了這身洋裝，就算去養豬，種地，開拱土機，也天天有葷，夜夜有酒。有時燒個荒，到處點火，濃煙四起，天下大亂，太好玩了。」
「燕雀安知鴻鵠之志……」對方嘆了口氣，「怎麼說呢，這就好比你寫詩，寫出了樂趣，一般人也不會理解。」
「那倒也是。」
「不瞞你說，我曉得我自己是個怪人。」對方說總算起了自己的工作，還有家庭，還有近來惱人的風濕病，搖了搖頭。「我就不該活在當今。我其實最想活在古代，比如說先秦，最好是西周。哎呀呀，打馬過山，臨江釣月，挑燈讀簡，執劍行俠……嘿嘿，我可笑是吧？但我總得有個安慰。實不相瞞，我幾乎什麼都捨下了，也什麼都學不會了，就剩下故紙堆和烏龜殼。但我總得有個樂子吧？」
「對，日子得靠自己過，皇帝老子也一樣。」

「一到夢裡，我哭了，笑了，心裡就會好受一點。」

「你也不容易，真不容易。你是一條漢子，這一路走得太苦，苦醉了。你放開大路不走，硬要鑽刺蓬，攀老藤，爬絕壁，走一條野豬路和老虎路……」史纖忽有一陣心酸，再次抓住對方一隻枯手，「一筆難寫兩個史字。這麼說吧，剛才你說的這些我統統不懂，但只要你想做，儘管去做好了。既然你也是史家祠堂的，光耀門楣就仰仗你了兄弟。哪一天米沒了，油沒了，你吭一聲。老史家這麼多人，絕不會餓死你。」

「謝謝……」

「你留我一個地址，留一個電話號……」

「其實也沒什麼。兄弟，窮活富活都是一輩子。這世上啊，有些事人皆可為，有些事則不是。能為人之不能為，知人之不能知，成人之不能成，樂人之不能樂，也是人生大幸吧？」研究員眼裡淚光閃爍。

「你別傷心。」

「我傷心什麼？我高興呢。」對方擦了一把眼睛，掙扎著站起來，拍去身上泥灰，重新整理圍巾和衣服。他們總算有了交互的笑臉，有各自的賠禮和謙讓。

「你抽菸嗎？你是不是吹不得風？」研究員看來已經認下這一孿生面孔，對此番奇遇也不無興趣。他從衣袋摸出一張票子，湊在鼻前嗅了嗅，實際上是看了看，說要去買酒，兩人不妨喝上一口。

史纖說他袋裡有油餅和饅頭，下酒菜就別買了，他們難得一聚，有口酒就蠻夠意思。於是兩人牽手來到路邊的石條凳落坐。他目送研究員去了前面的便利店，抽完一支菸，嚼完半個油餅，一再打眼張望，許久還不見對方返回。這有點奇怪，明明看見對方剛才下坡，去了那個店門，莫非那傢伙一個四眼瞎子，什麼時候又摔了跤或走錯路？

見日頭偏移，他忍不住也去便利店。不料那裡只有三位售貨員，一個顧客也沒有。據說他們一直在這裡，沒見人來買酒，更沒見什麼駝背。

「他穿什麼樣的衣？提什麼樣的包？有什麼明顯特徵？」一位女售貨員問他。

「他穿西裝，戴圍巾，長得很像我，只是多一副眼鏡，看上去要老得多。他剛才肯定是進來了。」

「你什麼意思啊？你是說我們吃了他？老同志，你莫不是碰到什麼騙子，丟了錢，氣糊塗了吧？」

「你們保證他真的沒進來？」

「不信你搜，你自己看。」

史織沒發現店裡有什麼密室和後門，更沒發現門外另有岔道，只見一群白鴿呼啦啦飛來，咕嘟咕嘟落在林蔭道路面，正被一個遊客拍照。

「史織——」

「史供銷——」

他急得在門外跳腳大喊，把幾種名字都試了個遍。甚至喊出了自己的乳名：「三麻拐你跑到哪個牛屁眼裡去了——」

還是無人應答。

他回到橘林，回到兩人說過話和揪扯過的地方，嗅一嗅，沒聞到什麼，再嗅一嗅，還是沒有異樣味道，這才懷疑自己是糊塗了。他尋找路邊的橫幅和櫥窗，也不見蹤影。也許剛才他只是在橘樹下睡了一覺，做了個夢？也許是前不久聽了房東一個飄魂的故事，於是在夢裡來這麼一齣？

水溝邊有一朵粉紅色胸花以及扣針，不知是何人丟下的。他將金屬扣針取下來，留給自己的內褲，胸花則掛在樹梢，看是否有失主來找。

他苦笑了一下，走出校園，去了趟大商場，然後徑直走向火車站。快要通過旅客安檢門時，他與一個人擦肩而過，聽那人舉一支手機，拖一個拉桿箱，一邊說話一邊向門外走去：「……對，我就是史供銷，歷史的史，供貨的供，報銷的銷。

老爹當年取名，就想讓我進供銷社吃碗國家飯唄。好，我這就去大華酒店，咖啡廳，我們不見不散。」

史纖吃了一驚，回頭看去，只見那個穿鮮豔花襯衫的大背影一晃，鑽進出租車，在滾滾車流裡絕塵而去。

他掏了掏耳朵，拍兩下巴掌，檢查耳朵是否還靈。一直走到火車站的安檢門，他還好幾次回頭張望。

好了，接下來的故事，讀者們都已知道了。傳說中的史纖先生大概就這些了，可能也只有這些了。

鏈接二

一九七七：青春之約

（二〇〇七年班會獻禮視頻提綱）

班會籌備小組撰稿

二〇〇七年一月第三稿

引子

配音　這張老照片拍攝於一九八一年。

M大學中文系七七級二班十二個年輕人，曾在東麓山下留下了這一張合影。照片上第二排最右邊的人名叫樓開富，是當時的班長。據說他借晉代「竹林七賢」的典故，給這張合影起了一個不無戲謔的標題——「東麓十二賢」。畢業時，十二賢中有一人病休，一人輟學，其餘十位在趙小娟家臨別聚會。興之所至，他們相約十年後的同月同日再來相見。
也許這一約定並沒有被很多人當真，或者很快被多數人在忙碌日子裡忘卻。於是十年後的那一天，當林欣穿越千山萬水，趕赴一個同學們都已忘卻的約定時，她的窘迫和悲傷可想而知。

同期

趙小娟家的舊居照片。

取代趙家舊居的銀行營業部。

林欣接受採訪，談赴約那一天的大雨，以及返程火車上的擁擠和混亂。

配音

在很多人看來，林欣的失望就是文學。不是嗎？文學是人間的溫暖，是遙遠的惦念，是生活中突然冒出來的驚訝和感嘆，是腳下寂寞的小道和眾人都忘卻了的一個微不足道的約定。

三十年過去了。在紛紛擾擾的歲月中，我們來來往往，飄萍無跡，動如參商，任歲月改變我們的面容，我們的處境，我們的經驗足跡，只是心中漸漸生長出更多的感懷——也許這就是最廣義、最本質的文學？

今天，讓時間稍作回放，我們從四面八方重聚東麓，重溫青春時光。我們這些曾經的失約者，也許可以把友人多年前那一次撲空的來訪，永遠接納在這個春天。

（黑落黑起）

【片名】一九七七：青春之約

第一篇．向新時代註冊報到

配音　一九七七年十一月七日，董國雲坐拖拉機進城，卸完糧食後去縣教育局報考，用他的話來說，花五毛錢買到了未來的通行證。對於很多考生來說，因為新政策撤除了家庭出身、領導批准等環節，這幾乎是他們人生中第一個低值然而無價的平等機會。

同期　董國雲接受採訪，談參考那天的經過和心情。來自各鄉鎮的農村青年幾乎沒有談論試題答得如何，甚至也根本不知道哪些大學在哪裡，大學是怎麼樣，只是被重開考場這一新鮮事物刺激得興奮不已。

配音　一九七七年的中國，驚雷動地，風起神州。地不分東西南北，人不分貴賤強弱，一千多萬曾被擋在大學門外的青年，突然擁擠在時代的十字路口。這些高齡或低齡的求知人，這些農夫或士兵，豬倌或鐵匠，赤腳醫生或鑽井隊員，共同遭遇了一個激情四射的故事。他們在幾乎毫無準備的情況下，一頭撞入了世界歷史上最大規模的一次高校招考。

這一次參考人數超過很多國家的國民總數，錄取率不足百分之五，低得有些可憐。但在他們的某些親友看來，即便考不上，他們也是匆匆上前線，投入一次新的長征和救亡，挺進時代的知識前沿。

同期

毛小武接受採訪，談報考時連一張自己的免冠照都沒有，因時間太緊，只好從全家福照片鉸下來一塊，尺寸超標，且為奇怪的菱形，放在現在是不可能接受的，但當時區招生辦居然同意他報考了。

同期

學校招生辦的舒老師接受採訪，談當時人才斷檔，經濟凋敝，人心不寧。據說當時竟拿不出足夠的紙張來印製考卷，由中央果斷決定調用印刷《毛澤東選集》第五卷的用紙，才得以應急解困。

配音

即便面對飄雪的寒冬，很多人卻說這一年的中國沒有冬天。一九七七年，「文革」終於被畫上句號。這一年五月二十四日，剛剛復出的鄧小平發表了〈尊重知識，尊重人才〉的講話。八月四日，鄧小平同志主持召開「科學與教育工作座談會」時當即決定恢復高考。十月，新華社、《人民日報》、中央人民廣播電台等都以頭號新聞發布了恢復高考的消息。特別是鄧小平親自將「政治出身」一欄劃去，終結了一個沉重的年代，實現了國家對「不拘一格降人才」的政策理性回歸。

同期 吳曉明接受採訪，含淚回憶當年對獄中父親的怨恨，以致父親獲得平反後，自己仍餘恨未消，參考那天見父親來送行，未與老人家打招呼。

同期 當年的准考證、錄取通知書等原件照。

同期 徐晶晶接到錄取通知書，在田埂上奔跑，大喊：「錄取了……」

配音 同徐晶晶一樣，許多人在田野、山林、工廠、軍營裡奔走相告，而這一步正是他們命運的拐點，是一個人生幻境的突然敞開。一九七八年春暖花開時節，他們延後半年終於入校，從四面八方聚合成了一個特別群體，擁有一個共同的標誌：M大學中文系七七級二班。

這個群體共有六十三人，最大的三十八歲，最小的十六歲。除了少數應屆的娃娃生，這裡還有不少「叔叔」和「姑姑」，大多帶有血淚往事與江湖歷練，從而使這一屆學生的氣質與風貌大異於往屆。青春浪漫的校園，因為他們的到來多了幾分滄桑。

同期 年齡最長的學生伍天佑接受採訪，談自己的家庭，自家的承包地，還有自己與兒子在相鄰兩所大學同時上學的故事。

同期 馬湘南接受採訪，談自己在部隊裡差一點誤射火箭彈炸死戰友。

同期 肖鵬接受採訪，談「文革」期間自己在鄉鎮企業時讀地下的手抄書。

配音 在新中國極為艱難的年代，他們中間的很多人曾遠赴窮鄉僻壤，從繭皮與汗水中體味人生，在寒月與油燈下長守孤獨，靠疲倦收工之後的一支口琴或三兩本禁書來叩問文明。這群人拒絕放棄，但也前路茫茫。

然而，似乎一夜之間，幸運之鳥落到他們肩頭，幾乎熄滅的夢想重新燃燒。他們終於走進了知識的殿堂，人才的搖籃，壯麗人生的起飛線，甚至是可以擴張個人價值和攀升社會等級的機遇之門。他們該如何承受這種巨大的驚喜？他們是否都體會到這一幸運裡隱含的某種責任？

同期 段保羅接受採訪，談備考時由工友們代工頂班，又蒙領導熱心批假，脫產複習，來省城報到那一天，被公交車司乘人員免費優待。

配音 幸運總是帶有一點偶然性。可以設想，如果七七高考推遲若干年，這批參考生就可能錯失良機，在幸運列車之外身影遠退，最終成為時下人海中面容模糊的農民工、下崗者、街頭小販。因此一個七七級大學生這樣說過：在命運的算式裡，個人價值與社會大勢的關係，不是加法的關係，而是乘法的關係，一項為零就全盤皆失。

這位同學用一道算式，表達了他們對時代的深深感恩。

【片花】

第二篇・A課・理想的修辭

配音 那是一段思想解凍和文化破冰的歲月。一篇題為〈哥德巴赫猜想〉的報告文學塑造了一代知識偶像，重建了知識的崇高，一時洛陽紙貴。「知識就是力量」，「奪回失去的十年」，成了萬千學子的座右銘。被極左政治壓抑了多年的求知慾，在一夜之間實現井噴，無法遏止，浩浩蕩蕩，幾乎定格在這個班每一張純樸的臉龐。

這一年，女生高雋珠因學習的過度緊張而病倒回家了。為了寬解她的焦慮，幾位同學曾給她寫過這樣一封信，鼓勵她戰勝病魔，重返校園，絕不掉隊。大家還發起了資助她治病的捐款。

同期 慰問信原件。

同期 樓開富接受採訪，談同學們捐款助醫的過程。

同期 曹立凡接受採訪，談當時苦讀的情況，有些人在學校強制熄燈晚休後點上煤油燈，打開手電筒，或乾脆帶一把趕蚊子的蒲扇坐到路燈下。

同期 耿文志接受採訪，談圖書館裡爭相占座和搶座，還有限期歸還的某本緊俏書，需要寢室裡八個人三天內讀完，於是大家在夜裡接力式閱讀，靠一個鬧鐘掐時間，輪流起床換人。

同期 趙小娟接受採訪，談組裡全體同學去新華書店隔夜排隊，搶購新書。

配音 在這個班的一位同學家中，我們看到了一本足足有二十毫米厚的課堂筆記本。翻開紅色的硬殼封面，裡面每一頁都密密麻麻地布滿了工整的字跡，大到段落大意，小到逐字註解，清清楚楚地錄下老師傳授的每一個知識點。字裡行間，後人不難品味出當年求學的虔誠與幸福。時任中文系主任做過一次調查，這個班的學生平均每天閱讀量高達三萬字。

同期 老師汪家文接受採訪，談他印象最深的幾位學生，有侯瑞彬、趙小娟、史纖、高雋珠等，認為遇上這一屆學生，是他教學生涯中空前的大幸。

配音 不能不提到的是，這些學生大多品嘗過生活的磨難，多少有過一些社會閱歷，似乎是中文系最合適的生源。他們不平則鳴，悲憤出詩人，早已經歷過生活這種大文學，至少已有不少感覺和經驗的準備——何況他們入學前，還多是各地的土秀才或報刊新面孔。各路遊俠東麓論劍，文學成了這個群體的集體特質：熱情，敏感，富於想像，樂於引經據典，不無雄心甚至偏激輕狂。他們投身於一次文學起義，幾乎把自己看成了剪成短辮的李清照，敲著飯盆的曹雪芹，再不濟也是個騎上二手單車的別林斯基。他們那時候醉心名著，熱衷於玄想和悲懷，哪會瞧得起後來人們趨之若鶩的炒股和炒樓？

同期 周來祥接受採訪，談自己寫小說。

同期 陸一塵接受採訪，談校廣播站用稿，還有全系第一次詩歌朗誦會的舉辦。

配音 從十年的文化黑暗中復甦過來，他們幾乎都有表達的飢渴。於是有了「爆炸詩人」耿文志的佳話，有了「田園詩人」、「短褲詩人」史纖的傳奇，還有了女同學們用紙條傳來傳去的各種仿古詩詞。

同期 耿文志談自己詩作在全省評獎中被批判和淘汰的經過。

配音 八〇年代初，從北大的《早晨》，到杭大的《我們》，再到武大的《珞珈山》，很多高校紛紛亮出自己的文學旗幟。一九七九年十月十五日，搶在中文系系刊創辦之前，這個班由周來祥牽頭，自編文學油印期刊《朝暉》，迅速吸引了全校師生的眼球。

同期 周來祥接受採訪，談《朝暉》創刊和編委班子，以及後來馬湘南等人上街叫賣刊物的故事。

同期 林欣接受採訪，談武大、中大等學校的文學社團派員來校交流，她在公交車站手持《朝暉》作為接頭暗號。

配音 文學承擔著的人類良知，是社會進步的敏感神經。中文系學生會大型壁報《我們》創刊，部分稿件直指「四五」天安門事件和「實踐是檢驗真理的唯一標準」等敏感時政話題，提倡講真話，無異於投下了一顆不小的思想炸彈，形成了巨大的輿論衝擊波。

同期 《我們》的現場照片。

同期 老師卿偉達接受採訪，談《我們》留給他的印象，包括一張中國地圖，上面凡已就「實踐是檢驗真理的唯一標準」表態的各省，均被塗成了紅色，只有台灣與這個省為兩塊空白。這無疑是敦促省領導跟上思想解放步伐，其反諷意思十分尖銳。

同期 侯瑞彬接受採訪，談對「真理標準」的爭議，包括省委機關派人來校抄錄壁報，旁聽學生討論會。

配音 大約是兩週以後，十一月二十八日，省黨報終於發表社論，正式就「真理標準」問題表態，消除了壁報上中國大陸地圖上最後一塊空白。至此，思想解放初戰告捷，極大鼓舞了眾多學子，其政治熱情空前高漲。

卑鄙是卑鄙者的通行證，高尚是高尚者的墓誌銘。遇羅克、張志新、童懷周等，一個個時代英雄激盪著多少青年的家國情懷，讓多少感時憂國之士把欄杆拍遍？這樣，僵化的「八禁」在民意壓力下終被取消。時隔兩年之後，一九八一年春，因新建教學工程的嚴重問題，因官方媒體捂蓋子，終釀成「揭黑反腐」更大事端，有其他高校師生和社會各界民眾捲入。

同期 周來祥接受採訪，回憶風波後期，十多名學生代表受託上訪請願，最終由國家有關部委領導接見對話。

同期 陸一塵接受採訪，談校方對舞會、社團等新事物的解禁過程。

同期 侯瑞彬接受採訪，談同學們返校復課情況，以及全國人大常委會調查組的入校調查和結論形成。這一結論既批評少數學生的「自由化」表現，又批評了有關領導方面有「官僚主義」的錯誤。

配音 直到今天，當事人從那些紛爭中所獲得的啟迪仍不盡相同，摸著石頭過河的經驗消化仍在繼續。但不管怎樣，走出思想溫室，一代人只有在大風大雨中，才可能進入國情的縱深，夯實自己社會和人生的認知。他們也許付出過代價。但代價本身也許就是成果，是人們後來不可繞過的遺產。他們奮鬥過，焦慮過，摔打過，困惑過，反思過，光是這一條，也許就能使他們區別於各種觀望者或沉睡者，給一紙畢業證注入沉沉分量。

同期 魏虹接受採訪，談同學們在M地區的實習和社會調查，包括學生社團「鄉村建設研究會」的自發成立，鄉鎮企業、鄉村教育、農民工等課題進入視野。

同期 孫吉有畢業後進入警隊的工作照。

樓開富畢業後進入新聞媒體的工作照。

徐晶晶畢業後下鄉從教的工作照。

馬湘南畢業後創辦企業的工作照。

吳秋芬赴俄羅斯從事跨境貿易的工作照。

……

配音 這一代人注定要捲入一個三千年未有之歷史變局。只是這種變局並非嘉年華，既意味著奇蹟，也意味著苦熬和陣痛。對於他們來說，詩與遠方其實就在腳下，是一磚一瓦和一針一線，甚至是後來日常的沉悶、困頓、焦慮、辛勞。

他們做不了太多，也許只是匆匆而過的流星。但他們的理想曾共振在一個時代的新起點——這已經使他們擁有青春增值的一份幸運。

【片花】第三篇・B課：世俗的語法

同期　（以鄧麗君為背景音樂的資料影像）街頭個體戶商販湧現；日本日立公司巨大的廣告牌；深圳特區動工建設；歌舞廳裡的紅男綠女……

配音　一個西方觀察家在描述二十世紀八〇年代大學生時，曾提到這些年輕人不但高唱〈國際歌〉，而且私下裡愛唱鄧麗君。這個細節很容易被忽略，卻註解了一個時代的重要特徵。顯而易見，傳統的革命激情仍在延續，但青年們不再拒絕世俗，恰恰相反，個性、利益、功名、情愛、享樂一類倒成了理想的應有之義，個人慾望成了公共利益的出發點和落腳點。

對於這些多少有過些社會閱歷的學子來說，他們來自清貧和禁制的往日，其理想從一開始就翻騰著人間煙火與食色天性。那麼這是衰變還是革新？是可疑的人格分裂，還是必要的觀念重組？

同期 沈劍日記（自己念），記錄自己第一次參加舞會，第一次同女生實現身體接觸，渾身熱乎乎的。青年人的膽子越來越大，開始多是旁觀，然後越來越多地嘗試。

同期 陸一塵接受採訪，談男生用望遠鏡偷窺女生宿舍。

同期 電影《廬山戀》片段資料，最早的一場吻戲。

配音 當時電影的吻戲禁區被一點點打開。《甜蜜的事業》、《廬山戀》等一系列電影深受觀眾喜愛，小說《愛情的位置》、《愛是不能忘記的》等在校園廣為流傳。雖然不得戀愛的校規仍然有效，至少在理論上有效，但愛情已經明顯閃爍於鄰桌的顧盼之間，跳躍在擦肩而過或者故作矜持之際——何況這裡一部分學生已屬大齡，成熟體魄正分泌出情感邀請。

同期 趙小娟的詩（自己朗讀）：

〈我真想進一次墳墓〉

我真想進一次墳墓，讓你為我而痛哭。

墳墓中我安詳地沉默，聽你愛情的第一次表露。

也許你會採一捧白花，作為我們定情的信物。

你把花插在墳頭上，像是把心交給了我。

……

同期 趙小娟接受採訪，談寫作這首詩的背景。

同期 季濤接受採訪，談一個寢室裡的男生如何聯手製作假情書，戲弄另一男生。

同期 侯瑞彬接受採訪，談外語系某男生與美籍外教戀愛，結婚報告未獲批准，後來兩人寫信至中南海，終於在最高層的干預下走入婚姻殿堂。

配音 一九八〇年五月，《中國青年》雜誌發表了一封署名為「普通女工潘曉」的長信〈人生的路啊，怎麼越走越窄……〉，引發了全國性大討論，成為尼采、弗洛伊德、叔本華、伯格森等西方思潮大舉進入國門的前奏曲。一時間，這一片校區也暗潮洶湧，食堂、寢室、教室、走道、廣場，處處都有唇槍舌劍，人們都是重新評估個人價值的激烈辯手。

同期 沈劍日記（自己念），記錄一次團小組會上關於個人主義的激烈爭議，到底誰更幼稚，到底誰更淺薄，到底誰是真正的「小屁孩」和「偽君子」……自己與徐晶晶各執一詞，互不相讓，不歡而散。

同期 沈劍接受採訪，談多年後自己與兒子類似的辯論，比對自己的前後變化過程。

配音 不難發現，當時很多爭議只涉及對與錯，不顧及利與害；只說應該怎麼樣，不說怎樣才有用——分歧後面其實有共同的青春底色。

當然，在世俗的語法裡，「利與害」難道不就是更重要的「對與錯」？一種少利、無利甚至失利的「對」又有什麼意義？

這種利益理性的興趣升溫，與很多人的江湖打拚經驗兩相結合，催生了個人主義之潮。隨意缺課，巧計套題，業餘經商，好色尋歡，尋釁打架，醉酒裝瘋，任性遠遊……這一切也構成了諸多真實的局部。這樣對嗎？這樣不對嗎？

同期 毛小武接受採訪，談馬湘南帶領他策劃並成功實施望月湖工程，空手套白狼，賺來了第一桶金。

同期 高雋珠接受採訪，談女生寢室裡第一雙高跟鞋。八位同學關上門，每人都興奮地試穿一下，一聽到敲門聲就趕快把高跟鞋藏起來。

同期 肖鵬接受採訪，談套取考試題目的經驗，比如用打藕煤、買水果等辦法討好老師，比如故意彙報錯誤的複習方向，逼老師情急之下透露口風。

配音 這一代人不會把青春時光閉鎖在幾本教科書裡。於是，一九八〇年十一月的「驅小張運動」就是書外與書內兩個世界的摩擦之一。當事人也許事後不無反思：這一事件中包含了多少合理的反抗？又包含了多少任性的粗魯？但壓強已經積聚，裂痕已經綻開，一切既有體制和知識權威都進入了多事之秋。

同期 周來祥接受採訪，談一些學生聯名上書，要求驅逐觀點僵化的某張姓教師。

同期 汪家文老師接受採訪，談學生們愛提問，愛質疑，思想活躍，老師照本宣科還真不好混，弄不好就完全沒法講下去。因此老師都不敢懈怠，備起課來常挑燈夜戰。

同期 田海波接受採訪，談學校裡的「課桌文學」和「廁所文學」。

配音 浪漫的理想一旦潮退，散沙化的各謀其利便浮出水面。「廁所文學」中一句「家事國事天下事關我屁事」的塗鴉，雖不無誇張，卻構成了大三那年的思想風向標之一。

這種消極和頹唐顯然足夠可疑。但事情的另一面是，如果清高者對各種世俗利慾都蒙上眼睛，捂住耳朵，那麼這種清高會不會過於脆弱？又能挺住多久？如果任何崇高理想都是為了讓人民大眾吃好、穿好、玩好，那麼吃好、穿好、玩好本身又錯在哪裡？

同期 魏虹接受採訪，談校園戀愛現象普遍，但成功率極低，重要原因之一是人們開始挑剔家庭背景、經濟條件，物質化壓力日漸增強。

同期 肖鵬接受採訪，談學生社團冒出來不少，不過有些現象也隨之而來。比如有的社團要求參加者交會費，有的領導人要求開支接待費，有的工作崗位則是不給報酬就沒人幹。

配音 即便一個物質化的大潮逼近，虛無與實惠的兩種邏輯互為表裡，但個人奮鬥也並非世俗生活的全部。生活中有美聲獨唱，也會有雜耍和相聲，更會有平淡無奇的應用文。但不論採用哪種樣式，活力與定力的平衡不可缺少。情商也是一種智商，志向也是一種智慧，價值觀本身常常就是強者的重要優勢。作為這張黑白老照片中觀棋的微笑者，侯瑞彬後來就自有他的選擇，構成了這屆同學中的另一道風景。

同期 侯瑞彬在寢室裡觀棋的照片。

同期 侯瑞彬在西藏林芝地區支教的照片。

同期 侯瑞彬接受採訪，談自己畢業後援藏七年的經歷和體會。

同期 教師卿偉達接受採訪，談這個班後來產生的各種人才和成果，且「傷亡率」

極低——這是指至少到目前為止，全班學生中眾多出任公職者，尚無「雙規」落馬之聞。相比之下，其他班就有一位高才生，前不久因操縱一論文造假集團，吞噬國家社科基金千萬，終獲重刑，令人惋惜。

配音 我們一同入學，就要一同升學，一同走向社會……一個也不能少。這就是他們當年幫助困難同學時的決心，大概也是他們畢業後總是情感上分而不散原因所在。

無論這一承諾最終實現了多少，能信守到什麼時候，他們一直在努力，在打拚，在團結互助，就像肖鵬同學在一篇小說裡寫過的：七七級，雄起！他們努力過——即便尚未抵達理想的終點，即便倒在或將要倒在前行的路上。

第四篇・尾聲：尚未定稿的故事

（黑落黑起）

配音 親愛的，你是否還記得這張課桌，這張講台，這塊黑板，這條略有破損的磚鋪走道，這一片月光如水的小樹林和雜草地？
你在歐洲（吳秋芬等照片同期）；
你在美洲（季濤等照片同期）；
你在甘蔗林那邊的南方（沈劍等照片同期）；
你在青紗帳那邊的北國（田海波等照片同期）；
你在社會管理高層（魏虹、侯瑞彬等照片同期）；
你在春種秋收的山鄉僻地（伍天佑等照片同期）；
你駕馭著巨獸般的財富和技術（馬湘南、孫吉有等照片同期）；
你堅守在我們可以放心託付後代的講台（林欣、高雋珠、耿文志、肖鵬、徐晶晶等照片同期）；
還有你，在我們以後肯定能找到的地方（柳新民舊照同期）
……
你們都是我生命的一部分，在我的血管裡流淌。
也許有一天，你們在鏡中發現了自己白髮、眼袋、老年斑的某一天，會突然想起我們以前的弦歌浩蕩，比方說〈紅河谷〉。
（同學們齊唱〈紅河谷〉漸強）

同期

同期 全體同學現有情況字幕表。

各位全家福照片，及今昔對比的特技處理。

配音 我們是否還記得那些慈祥而辛苦的老師？那些知名或不知名的炊事員、清潔工、水電工、保安人員，以及曾經被我們煩過的某個院系領導？那些我們匆匆畢業離校時顧不上告別，於是永遠再也找不到了的面孔？

同期 學生們看望老師和其他員工，給他們獻花。

看望對象的照片資料迭現。

配音 三十功名塵與土，八千里路雲和月。我們當年在M地區的實習期實在太短，更富有挑戰性的大實習和大會考，其實在畢業後無限期展開。家庭與事業，挫折與成功，健康與心態，合作與競爭，中國與世界……面對這數不勝數的考題，誰敢說自己是個門門滿分的驕子？誰不曾在浩瀚時空前一次次重新理解短促與渺小？

同期 眾多同學畢業後生活與工作的影像資料。

配音 認識世界永無止境，哪怕就是認識自己，也是一條令人生畏的漫漫長途。從這個意義上說，二班從來就不是往日的二班。二班是三十年中一個不斷發現的過程，是一種永遠流動的傳說。我們在當年的悲與喜，恩與怨，肯定與否定，在今天看來可能都錯了——這已不再重要；可能都沒錯——這也無足掛齒。隨著歲月向未來延伸，二班並不需要一個紀念章式的結語定論。

同期 班慶徵文作品集一頁頁翻過。

配音 笛卡兒說：我思，故我在。

二班六十二位健在老同學可以說：親愛的，我們回憶，故我們在。我們惦念，故我們在。我們千言萬語卻總是詞不達意，故我們在。

同期 史纖當年所寫詩作片段：

你們好，我該走了。
在未來的歲月裡，也許
只有在夢裡，
才能回到你們身旁。
你遠方的夜雨，
我身後的殘陽。
你有春風裡的問候，
我是星空中的詩行。

我的手就在這裡，而你
今夜何方？
十年，二十年，三十年……
無論你哭泣，還是大笑，
無論你壯烈，還是頹唐，
朋友，請接受我的思念，
我的悲傷。

字幕

嗚謝陸一塵同學提供部分照片、錄影資料。
嗚謝紅豆影視文化公司及孫吉有同學技術支持。
嗚謝恆遠集團及馬湘南同學資助。

補述一則

肖鵬留醫住院的這一天，護士小蓮來病房量體溫，說你的書看完了，那個附錄的視頻有碟麼，有U盤麼，我想看一看。

她是指自己剛讀了對方的一本白皮書，出版社印發的限量試讀本。

肖鵬笑了，說哪有什麼視頻，就是在小說裡那麼一說，別當真。

小蓮不相信，說別小氣啊，有借有還，多大的事。我只是想給我娃看一下，讓他提前瞭解一下大學。他今年都高一了。

「我真沒有。小說裡的事你別都相信。」

「我伯爺說的，書真戲假。未必你自己都不信？」

肖鵬愣了。

「出版社可是黨和人民的喉舌，未必也說假話？」

肖鵬的腦子更沒轉過來。

「算了，算了。」小蓮撇了撇嘴，「不就是沒收過你的菸嗎？小心眼！」

肖鵬不知該如何解釋：「小蓮，我同你說實話，那個附錄的腳本，是我借用了一個表妹那裡的，只是做了點手腳，把我的幾個人物塞了進去。不好意思，這種偷梁換柱的事，子虛烏有的事，在我們這一行裡常有……」

「書也要造假了？這有意思嗎？浪費那麼多紙，多好的紙。」

「這不叫造假。哎……不要這樣看我。」

「看你也不像個騙子。依我看，你只是應該轉科了。」

「轉哪裡？」

「精神內科，對面那個樓。」

肖鵬抹了一把臉上的苦笑。

對方已從他腋窩抽出體溫計，對著窗戶看了看，竟然哼了一聲：「三十六度八，還正常了，了不起哈。」她又悶悶地撥開對方，在對方身後的枕頭下一掏，在被褥下一摸，再次搜出香菸和打火機，衝他晃一晃，塞進白大褂口袋，橫上一個白眼：「抽吧，抽吧，沒見過你這樣的。怎麼不再燒你三五天呢？怎麼不再給你打五六個動脈支架？」

她到底是一個退役的舉重運動員——肖鵬覺得她剛才一撥，已重擊出自己右臂的內傷，痛得他緊閉雙眼，摸了摸痛處，好一陣說不出話。他居然許諾給對方介紹男朋友，看來根本不管用，沒法讓運動員的動作變柔和一點。他最後只能眼睜睜地聽任她推著護士車出門而去，留下一路叭叭的鞋跟聲。

他想起來，對方都忘記給他量血壓了。

二〇一八年九月完稿

二〇二二年三月修訂

當代名家

修改過程

2024年2月初版　　定價：新臺幣580元

著者　韓少功
叢書編輯　杜芳琪
校對　吳美滿
內文排版　李偉涵
封面設計　張巖

出版者　聯經出版事業股份有限公司
地址　新北市汐止區大同路一段369號1樓
叢書編輯電話　(02)86925588轉5394
台北聯經書房　台北市新生南路三段94號
電話　(02)23620308
郵政劃撥帳戶第0100559-3號
郵撥電話　(02)23620308
印刷者　文聯彩色製版印刷有限公司
總經銷　聯合發行股份有限公司
發行所　新北市新店區寶橋路235巷6弄6號2樓
電話　(02)29178022

副總編輯　陳逸華
總編輯　涂豐恩
總經理　陳芝宇
社長　羅國俊
發行人　林載爵

行政院新聞局出版事業登記證局版臺業字第0130號

本書如有缺頁，破損，倒裝請寄回台北聯經書房更換。　ISBN 978-957-08-7178-4 (精裝)
聯經網址：www.linkingbooks.com.tw
電子信箱：linking@udngroup.com

國家圖書館出版品預行編目資料

修改過程/韓少功著．初版．新北市．聯經．2024年．
2月．320面．14.8×21公分（當代名家）
ISBN 978-957-08-7178-4（精裝）

857.7 112018696